Lysander und Passepartout

Reinhold Hartl

Lysander und Passepartout

Roman

Bibliografische Information der Deutschen Nationalbibliothek: Die Deutsche Nationalbibliothek verzeichnet diese Publikation in der Deutschen Nationalbibliografie; detaillierte bibliografische Daten sind im Internet über http://dnb.dnb.de abrufbar.

Reinhold Hartl
Agnes-Bernauer-Straße 62
80687 München
https://verlagreinholdhartl.de/
Copyright © 2023 Reinhold Hartl
Alle Rechte vorbehalten

Verlag: BoD · Books on Demand GmbH, Überseering 33, 22297 Hamburg, bod@bod.de
Druck: Libri Plureos GmbH, Friedensallee 273, 22763 Hamburg

ISBN: 978-3-8192-0797-6

KAPITEL 1

Der ganze Trubel begann mit dem Kauf dieses Gemäldes. Dabei war das Bild wirklich witzig: Ein Burschenschafter springt vor einer heranbrausenden Pferdekutsche zur Seite und bemerkt die große Pfütze nicht, in die er patschen wird ...

Doch seit ich dieses Bild in meinem Wohnzimmer aufgehängt hatte, spielten sich nachts darin seltsame Dinge ab. Ich glaubte Geräusche zu hören – wenn ich aber aufstand und nach dem Rechten sah, war da niemand. Nur ein seltsamer Geruch hing in der Luft. Es roch nach Terpentin. Veranstaltet hier jemand Schnüffelpartys, fragte ich mich. Aber wieso in meiner Wohnung? Terpentin schnüffeln kann man doch überall? Oder ging von diesem Gemälde eine besondere Wirkung aus, die den berauschenden Effekt noch verstärkte? Ich studierte das Bild einige Zeit, konnte aber nichts Außergewöhnliches daran erkennen. Was also hatte es mit den heimlichen Besuchen auf sich?

Um der Sache auf den Grund zu gehen, legte ich mich nachts auf die Lauer. Ich löschte kurz vor Mitternacht im Wohnzimmer das Licht und stellte mich mit einem Baseballschläger bewaffnet hinter eine Zimmerpalme. Da vor dem Fenster eine Straßenlaterne stand, konnte ich gut erkennen, was in meinem Zimmer vor sich ging. Kommt ihr nur, sagte ich mir, bald hat es sich ausgeschnüffelt.

Ich döste eine Weile vor mich hin, da hörte ich ein dumpfes Geräusch hinter der Bücherwand. Ich schreckte hoch und lauschte gespannt, doch das Geräusch verstummte. So sehr ich auch horchte, es war nichts mehr zu hören. Ich musste mich wohl getäuscht haben.

Ich dämmerte wieder vor mich hin, als sich plötzlich eine schmale Tür im Bücherregal öffnete und eine schwarze Gestalt mit einem ungewöhnlichen Mantel das Zimmer betrat. Mir stockte der Atem und ich hätte beinahe vor Schreck den Baseballschläger fallen gelassen. Mit hämmerndem Puls beobachtete ich, wie der nächtliche Besucher langsam auf das Gemälde mit dem Burschenschafter zuging und einen Handscheinwerfer auf einen Beistelltisch stellte. Dann holte er aus seiner Tasche einige Farbtuben hervor. Also doch ein Schnüffeljunkie, sagte ich mir, gleich wird er an den Tuben lutschen. Doch zu meiner großen Überraschung drückte die Gestalt etwas Farbe auf eine Palette und begann am Bild zu malen.

Ich schlich leise hinter der Zimmerpalme hervor und wollte schon mit dem Baseballschläger ausholen – ließ es aber bleiben. Der nächtliche Maler schien mir nicht besonders gefährlich zu sein. So sprang ich ihn einfach von hinten an und warf ihn zu Boden.

Er schrie: »Herr Krohnstadt, sind Sie das?«

»Nein!«, antwortete ich, »ich bin der Nachtwächter.«

»Lassen Sie mich los! Ich hab's nicht gern, wenn man mich überfällt.«

»Verzeihung, Herr Einbrecher«, sagte ich süffisant.

Ich nahm seinen Handscheinwerfer und leuchtete ihm ins Gesicht: Sein Mund war weit aufgerissen und seine Augen waren tiefblau.

Dann stand ich auf und machte das Licht an.

Der Einbrecher saß auf dem Boden und sagte vorwurfsvoll: »Ist das eine Art, einen Gast zu begrüßen?«

»Ein seltsamer Gast«, sagte ich belustigt.

Während er sich aufrappelte, füllte ich zwei Gläser mit Rémy Martin. Als er aufgestanden war, gab ich ihm ein Glas in die Hand und bedeutete ihm, auf dem Sofa Platz zu nehmen.

Ich fragte ihn: »Wie heißen Sie?«

»Lysander Lichtwitz.«

»Meinen Namen kennen Sie ja bereits.«

»Allerdings.«

Ich fragte weiter: »Was machen Sie in meiner Wohnung?«

»Ich male.«

Ich sagte: »Das ist die dümmste Ausrede, die ich jemals gehört habe.«

»Ist aber die Wahrheit.«

»Und wieso mitten in der Nacht?«

Er antwortete: »Dumme Frage, damit Sie mich nicht erwischen.«

»Jetzt habe ich sie aber erwischt.«

Er machte ein verdrießliches Gesicht: »Ja, leider.«

»Also, was hat das Ganze auf sich.«

»Ich stelle das Bild fertig.«

Ich deutete zum Gemälde: »Aber das Bild ist doch ganz bemalt und in sich stimmig.«

Er zog die Stirn kraus: »Wie soll ich Ihnen das erklären? Das ist wie bei Mozarts Vater.«

»Bitte?«

»Der junge Mozart spielte seinem Vater manchmal einen Streich. Wenn er mitten in der Nacht auf die Toilette ging, spielte er eine Kadenz auf dem Cembalo und ließ den letzten, schließenden Akkord zum Grundton weg. Der Vater konnte die unfertige Kadenz nicht ertragen, stand auf und spielte den Schlussakkord. Genauso ergeht es mir.«

Ich blickte ihn unverständig an.

»Verstehen Sie nicht? Ich höre ständig die vielen unvollendeten Akkorde meiner Bilder, und sie machen mich schier verrückt.«

»Aber«, wandte ich ein, »es handelt sich doch um Farbe und nicht um Töne?«

Er verzog sein Gesicht und riss die Hände hoch: »Sie verstehen mich nicht.«

»Dann erklären Sie's mir.«

»Das ist wie beim Wein. Der ist auch noch nicht reif, wenn er in Flaschen gefüllt wird. Und genauso ist es mit meinen Bildern. Sie reifen in meiner Seele. Und wenn sie dann vollkommen sind, muss ich sie physisch vollenden.«

Ich gab mir redlich Mühe, seinem Gedankengang zu folgen. Doch was er mir eigentlich sagen wollte, war mir immer noch nicht klar.

Ich fragte ihn: »Und wieso haben Sie dann das Bild verkauft?«

»Weil ich musste, ich brauchte das Geld.«

Ich sagte: »Sie können doch nicht jedes verkaufte Bild nachträglich ändern?«

»Aber ich muss! Sonst werde ich verrückt!«

»Sind Sie sicher, dass Sie das nicht bereits sind?«

Er lächelte fein. »Diese Frage ergibt doch keinen Sinn …«

Er hatte recht. Einen Wahnsinnigen zeichnet ja aus, dass er seinen Irrsinn nicht erkennen kann.

Ich nahm einen Schluck Cognac und fragte ihn: »Wieso nehmen Sie nicht psychologische Hilfe in Anspruch?«

»Das habe ich schon versucht. Doch es gibt keine Heilung.«

Auf meinen fragenden Blick sagte er: »Der Künstlerseelsorger ist selbst ein armes Schwein. Er muss jeden Abend in die Oper, wegen der Opernsänger. Und da gibt es zumeist Klassikerschändungen, dabei hat er einen konservativen Geschmack. Er bekommt dabei immer Erstickungsanfälle und eilt mit den Worten: ›Ich brauche Luft‹ hinaus. Anschließend trinkt er gewöhnlich einen über den Durst, um dieses schreckliche Erlebnis zu vergessen.«

Ich musste schmunzeln.

Er fuhr fort:»Nein, er braucht selbst Hilfe. Bei den Sitzungen waren plötzlich die Rollen vertauscht, er lag auf der Couch und ich musste zuhören.«

Ich sagte:»Wenn Sie nicht zufrieden sind, dann malen Sie halt ein Neues.«

Er entgegnete:»Wenn ein Kind missraten ist, wollen Sie dann einfach ein Neues machen? Nein, ich muss mit dem Kind, das ich in die Welt gesetzt habe, leben und es so gut gestalten, wie es nur irgend geht.«

Er sah tatsächlich aus wie das Leiden Christi! Eine Künstlerseele in Not.

Ich fragte ihn:»Was stört Sie konkret an diesem Bild?«

»Die Corps-Farben der Burschenschaft Bavaria sind weiß-hellblau-weiß und nicht blau-weiß-schwarz, wie ich herausgefunden habe.«

Ich machte eine einladende Geste:»Dann los!«

Er sprang auf und umarmte mich.

Ich wehrte mit den Händen ab:»Ist ja schon gut.«

»Verzeihen Sie, es hat mich übermannt.«

Der komische Kauz gefiel mir. Das Gemälde selbst bedeutete mir nicht viel. Ich hatte es aus einer Laune heraus gekauft. Und da er nur eine Kleinigkeit ändern wollte, war ich damit einverstanden.

Während er sich am Bild zu schaffen machte, erzählte er von seinem letzten Einsatz:»Ich wollte ein Bild korrigieren, es heißt ›Wiener Kongress‹. Gekauft hatte es die Gräfin von

Hohenstätt in Schwabing. Letzte Woche fand ich heraus, dass sie eine Soiree gab. Ich dachte, bei so einer Gesellschaft ist immer viel Betrieb und ein einzelner fällt nicht auf.

Als ich mich dort einfand, entdeckte ich zu meiner Freude, dass besagtes Bild in einem Nebenraum hing. Wunderbar! Keine Störenfriede, keine lästigen Zeugen. Ich packte also meine Malutensilien aus und machte mich am Haar vom Zar Alexander I. zu schaffen – sein Haar war dunkelblond, nicht schwarz, wie ich in einer Dokumentation gesehen hatte – da stolperte ein Gast zur Tür herein. Er murmelte was von Toilette, dann verschwand er wieder.«

Lysander machte eine Pause und ich sah ihn erwartungsvoll an.

»Dieses Plappermaul hat dann leider geplaudert ... So füllte sich der Raum nach und nach mit Gästen. Am Anfang hielten sie es alle für einen Partygag, einen tollen Einfall der Gastgeberin. Einer meinte, ich könnte dann gleich die Tapeten neu gestalten ...

Doch dann wurde die Hausherrin auf mich aufmerksam. Sie fiel schier aus dem Häuschen, als sie meine Verbesserungen sah. Sie hat mich angeherrscht, ich solle sofort aufhören und den ursprünglichen Zustand wiederherstellen. Ich entgegnete, ich sei der Maler und habe das Urheberrecht. Leider kam ihr dann ihr Mann zu Hilfe, der ist Rechtsanwalt, und der hat mich juristisch widerlegt. Schließlich haben Sie mich hinausgeworfen und angezeigt. Ich musste dann 300 Euro Schadenersatz bezahlen – so eine Frechheit! Dabei war das mein eigenes Bild!«

Ich sagte: »Die Menschen sind schon komisch ...«

»Nicht wahr?«

Er hatte mittlerweile die Korrekturen am Gemälde beendet und atmete auf: »Endlich erlöst.«

Er summte ein Lied und war plötzlich heiter und fröhlich.

Ich schüttelte den Kopf:»Je mehr ich darüber nachdenke, desto verrückter erscheint mir das Ganze. Das ist doch eine fixe Idee von Ihnen.«

Der Maler ging auf meinen Einwand nicht ein. Er packte summend seine Utensilien zusammen und sagte:»Sie sind der Erste, der Verständnis für meine Not hat. Außerdem haben Sie ganz brauchbare Fähigkeiten.«

»Was meinen Sie damit?«

»Nun, ich habe gehört ... ich meine, Ihre Telefonate, hohoho, die waren aber gesalzen.«

Ich fragte ihn:»Sie haben mich belauscht?«

»Natürlich, ich musste doch abwarten, bis Sie zu Bett gegangen waren.«

Ich war empört.

Er fuhr fort:»Also, wie Sie sich Zugang verschafft ... ich meine, alles aus dem Weg geräumt ... das war ein Meisterwerk! Und wie Sie die Fassade hochgeklettert sind und den Glasschneider benutzt haben – James Bond hätte das nicht besser gemacht.«

Ich war sprachlos.

»Und als der Hehler Sie übers Ohr hauen wollte ... da haben Sie ihm nur billige Fälschungen verkauft ... wunderbar!«

Ich trommelte mit den Fingern auf die Holzlehne meines Sessels:»Danke, das genügt. – Was wollen Sie?«

Er nestelte verlegen mit den Fingern an seiner Jacke herum.»Da gibt es noch ein Gemälde von mir ...«

»Ach, so läuft der Hase.«

Er nickte verlegen.

»Sie wollen, dass ich Ihnen helfe, bei den Käufern Ihrer Bilder einzubrechen?«

»Nun ja, anders werden sie mich wohl nicht ran lassen. Sie sehen ja selbst ...«

»Das kommt nicht infrage!«

Plötzlich begann er schlau zu lächeln. »Ich weiß, dass sie auch was quält.«

»Wie bitte?«

»Sie heißt Alina, nicht wahr?«

»Auch das haben Sie mit angehört?«

»Gegen meinen Willen! Ehrlich! Es ist sonst nicht meine Art, fremde Gespräche zu belauschen.«

Ich war außer mir.

»Ich könnte Ihnen behilflich sein ... ihr näherzukommen ... in der Horizontalen ... Sie wissen schon ...«

Ich sah ihn fragend an.

»Sie liebt doch Gemälde und schwärmt für Maler.«

»Ja, und?«

»Treten Sie als Maler auf.«

»Das hab ich schon versucht, bin aber gescheitert. Ich kann nicht malen, mehr als Strichzeichnungen bringe ich nicht zustande.«

Er schmunzelte überlegen: »Ich habe eine Kollegin, Marisa, die ist eine begnadete Aktmalerin, die könnte den Job für Sie erledigen.«

»Und wie soll das funktionieren?«

»Ganz einfach. Sie laden die Dame Ihres Herzens ein, einen Akt von ihr zu malen.«

Er kicherte und hielt sich die Hand vor den Mund.

»Dann ist sie gleich nackt – das ist immer sehr praktisch, wenn man Hintergedanken hegt ... hihi.«

»Und wer malt?«

»Natürlich Marisa, versteckt hinter der Staffelei und dem Gemälde. Sie ist sehr klein und Sie werden einen riesigen Malermantel tragen, so merkt Ihre Flamme nichts.«

Ich winkte ab:»Das ist doch völliger Blödsinn.«

Dann kam mir eine Idee:»Moment mal, sie könnte das Bild vorher malen. Ich habe da ein Bikini-Foto von Alina, das müsste ausreichen für eine Aktzeichnung.«

Er nickte.»Und nachher erhalten Sie die Belohnung ... hihi.«

Er streckte mir seine Hand entgegen:»Haben wir eine Abmachung?«

Ich dachte mir:»Schau dir diesen durchtriebenen Burschen an. Sieht aus, als könne er kein Wässerchen trüben, dabei hat er's faustdick hinter den Ohren.«

Ich schlug ein.

»Ach, übrigens: Ich bin der Jimmy.«

»Lysander.«

Ich musste schmunzeln.»Woher haben deine Eltern den lyrischen Namen?«

»Aus Shakespeares ›Ein Sommernachtstraum‹. Meine Mutter hatte kurz vor meiner Geburt eine Freilichtaufführung in Salzburg gesehen. Und die Figur ›Lysander‹ gefiel ihr so gut, dass sie mich danach benannt hat.«

Ich sagte.»Dann kannst du froh sein, dass sie sich nicht ›Hamlet‹ angesehen hat.«

Er lächelte und sagte erfreut:»Endlich habe ich einen Passepartout.«

»Einen Passepartout?«

»Ja, ein Generalschlüssel, der mir alle Türen öffnet.«

Ich musste an Jules Vernes' Roman »In 80 Tagen um die Welt denken«, dort hieß der Diener des Protagonisten Jean Passepartout.

»Aber damit eins klar ist: Ich bin nicht dein Diener!«

»Natürlich nicht. – Also, das erste Bild, zu dem du mir Zugang verschaffen sollst …«

»Moment, Moment, erst die Aktzeichnung.«

»Die bekommst du, wenn ich das Gemälde korrigiert habe.«

Ich insistierte:»Nein, zuerst möchte ich sehen, ob das mit der Cyrano de Bergerac-Nummer überhaupt funktioniert.«

»Das wird es.«

»Ich bin mir da nicht so sicher.«

Lysander überlegte eine Weile und sagte schließlich:»Okay, die Aktzeichnung zuerst. Dazu wäre es gut, wenn du Marisa kennenlernen würdest. Sie veranstaltet übrigens morgen eine Sammelausstellung, da könntest du sie treffen.«

»Einverstanden.«

Lysander ging zur Geheimtür.

Ich deutete zur Tür und sagte:»Was ich dich noch fragen wollte: Was hat es damit auf sich?«

»Nun, nachdem du mein Gemälde gekauft hattest, habe ich dich verfolgt.«

»Du hast mich observiert?«

»Ja, wie ich es immer mache. Ich bin darin schon sehr versiert.«

»Stimmt. Ich habe dich nicht bemerkt.«

Er fuhr fort:»Als ich so das Haus beobachte, habe ich gesehen, wie eine Frau das Nachbarhaus betrat und kurz darauf in deiner Wohnung erschien.«

»In meiner Wohnung?«, fragte ich überrascht.

»Ja. Es musste also einen zweiten Eingang geben.«

Ich stimmte ihm zu.

Er erzählte weiter:»Im Treppenhaus habe ich sie dann aus einer Tür in der Wand herauskommen sehen. Ich habe mich geistesgegenwärtig als Hausmeister ausgegeben und den

Schlüssel von ihr gefordert. Sie erklärte mir daraufhin, sie sei nach zwei Jahren aus Australien zurückgekehrt. Und sie habe ihren Bekannten besuchen wollen. Aber der wohne nicht mehr hier.«

»Und um ihn zu überraschen, hat sie den Geheimgang benutzt.«

Er nickte.

Ich fragte Lysander:»Wozu gibt es überhaupt den Geheimgang?«

»Das habe ich sie auch gefragt, aber sie wollte es mir nicht sagen. Sie hat nur herumgedruckst, wurde dabei aber so rot im Gesicht, dass ich mir denken konnte, dass es um Ehebruch ging.«

»Verstehe. Der Vormieter wollte sich heimlich aus der Wohnung schleichen ...«

»... und sich mit anderen Frauen vergnügen.«

Ich erläuterte:»Das ging aber schief.«

»Wie bitte?«

»Bei der Schlüsselübergabe hat das Vormieter-Paar gestritten wie verrückt. Seine Frau muss es also gemerkt haben.«

»Und deshalb wurde wahrscheinlich die Wohnung frei.«

Ich sagte:»Okay, das wäre geklärt. Und jetzt bitte den Schlüssel.«

Er überreichte mir einen einfachen Bartschlüssel und wir gingen gemeinsam durch den Geheimgang. Der war etwas eng, aber überraschend mit Mörtel verputzt. Im Treppenhaus des Nachbarwohnblocks kamen wir heraus.

Lysander gab mir noch Marisas Adresse und sagte, er werde mich am Samstagabend kurz vor acht an der U-Bahnstation Münchner Freiheit abholen. Dann verabschiedeten wir uns voneinander.

KAPITEL 2

Am Samstagnachmittag rief ich Jochen an, einen befreundeten Arzt.

Ich sagte: »Ich habe einen seltsamen Neurotiker kennengelernt; ein Maler, der seine Bilder nach dem Verkauf noch übermalen möchte und dabei so manchen Ärger auf sich nimmt.«

»Das ist ja interessant«, antwortete er, »ich wollte schon immer mal jemand kennenlernen, der am Cardillac-Syndrom leidet.«

»Am was?«

»Am Cardillac-Syndrom. Das sind in der Regel Künstler, die sich von ihren Werken nicht trennen können und sie ewig korrigieren müssen.«

»Dann ist das ein bekanntes Phänomen?«

»Allerdings. Du musst mir unbedingt seine Telefonnummer verraten.«

»Wieso?«

»Damit ich ihm eine Therapie vorschlagen kann.«

»Welche Therapie gibt es denn?«

»Entweder eine ambulante Psychotherapie oder ein Klinikaufenthalt – das kommt darauf an, wie weit fortgeschritten die Krankheit ist. Wie schlimm ist es denn?«

Ich antwortete: »Sehr schlimm, er ist deshalb schon mehrmals eingebrochen, sogar bei mir.«

»Dann hilft nur noch die geschlossene Psychiatrie.«

»Dem wird er niemals zustimmen.«

Jochen sagte bestimmt: »Das wird er wohl müssen.«

»Naja, ich hoffe, es geht auch so.«

Ich bedankte mich bei ihm und legte auf.

Anschließend googelte ich das Cardillac-Syndrom und tatsächlich, Jochen hatte recht: Es wurde benannt nach einem Goldschmied in der Novelle »Das Fräulein von Scuderi« von E. T. A. Hoffmann. Herr Cardillac konnte sich von seinen verkauften Schmuckstücken nicht trennen und ermordete die Käufer, um seine Lieblinge wieder an sich zu nehmen.

Ich übersprang die literarischen Hinweise und kam zu aktuellen Bezügen. Dort hieß es, dass Maler, die daran leiden, sich per Kaufvertrag ein Zugangsrecht zu ihren Bildern sichern, um sie nachträglich noch ändern zu können.

Tja, dachte ich, das hatte Lysander wohl versäumt. Und jetzt sah er sich gezwungen, drastische Maßnahmen zu ergreifen.

Obwohl ich Mitleid mit ihm hatte, wollte ich seine Dienste in Anspruch nehmen. Schließlich bestand auf diese Weise eine Chance, bei Alina zum Zug zu kommen. Und ein »Arztgespräch« konnte ich mit Lysander immer noch führen.

Am Abend fuhr ich mit der U-Bahn zur Münchner Freiheit; Lysander wartete bereits am nördlichen Ausgang auf mich. Ich fragte ihn nach der Gastgeberin des Künstlerfests und er eröffnete mir, dass er mal mit Marisa liiert gewesen war.

Er sagte: »Die hat einen eleganten Schwung beim Zeichnen. Deshalb habe ich mich in sie verliebt. Und auch sonst ... was für eine fabelhafte Frau.«

In dieser Weise lobte er seine Exfreundin. Für seinen Nachfolger in ihrem Bett hingegen hatte er nur Verachtung übrig. Er sagte: »Der Korbinian hat Null Talent. Die Zeichnungen für die Bewerbungsmappe haben seine Eltern von einem Kunststudenten anfertigen lassen. Und auch sonst hat er nichts Gescheites zu Wege gebracht.«

Ich fragte ihn zum Spaß:»Und wie sieht's mit dir aus? Hast du bei ihr was Gescheites zustande gebracht?«

Ich wiegte pantomimisch ein Baby.

Er sagte:»Das meine ich doch nicht so. – Die einzigen Bilder, für die er Geld bekommen hat, hat seine Mutter gekauft. Und die hat sie in ihr Schlafzimmer gehängt, weil sie sie im Dunkeln nicht sehen muss.«

Er lachte hämisch.

Wir gingen mittlerweile an einer Reitschule vorbei, auf deren Außenplatz Pferde im Kreis liefen. In der Mitte versuchte sich ein junges Mädchen als Springreiterin. Doch ihr Rappe bockte und warf sie über den Heuballen. Das schlaue Tier dachte sich wohl, es reicht vollkommen, wenn einer über den Ballen hüpft. Und wieso sollte ich das sein?

Wenig später waren wir an Marisas Wohnung angekommen. Die befand sich in einem Jugendstilhaus im ersten Stock.

Auf unser Klingeln öffnete eine Frau die Wohnungstür, die patent und burschikos daherkam wie eine Bierzeltbedienung. Ich wunderte mich, dass sie mal mit dem zarten Lysander liiert war, aber Gegensätze ziehen sich bekanntlich an.

Lysander stellte uns einander vor und sie meinte:»Ach, Sie sind dieser Jimmy. Lysander schwärmt in den höchsten Tönen von Ihnen.«

»Ach, er übertreibt. Aber wollen wir uns nicht duzen?«

»Gerne. Ich bin die Marisa.«

Wir gaben uns die Hand und wir waren per Du.

Ich wollte etwas sagen, doch dann klingelte ihr Handy. Und Lysander wurde von einem gewissen Holger in Beschlag genommen. Der sagte unverblümt zu ihm:»Ich fälsche gerade einen Caravaggio, habe aber Probleme mit der Schattierung ...«

Lysander antwortete: »Das ist ganz einfach. Du musst den Pinsel mit einem gewissen Schwung über die Leinwand fahren lassen ...«

Er fuchtelte dabei mit den Armen durch die Luft, als stände er vor einer Staffelei.

Marisa sprach inzwischen ins Handy: »Ja, du kannst Hektor morgen haben. – Nein, er ist ein ganz Lieber. Nur über ein Hindernis springen mag er nicht. – Also einfach nur Trab oder Galopp. – Du kannst meinen Sattel benutzen, die Reitschule ist gleich bei mir um die Ecke ...«

Ich hatte vorhin also Hektor beobachtet.

Da sich bei Marisa und Lysander längeres Gespräch anzubahnen schienen, sah ich mich etwas in der Wohnung um. Ich schlenderte in den Salon, in dem ein Dutzend Maler vor ihren Bildern an den Wänden standen. Wie ich erkennen konnte, waren alle Stile vertreten: Figürlich und abstrakt, naiv und progressiv, wild und bürgerlich brav – für jeden Geschmack war was dabei.

Besonders ins Auge fiel dabei die Aufmachung der Maler. Jeder war gestylt wie auf einer Modenschau von Versace. Der eine hatte eine pomadisierte Haarlocke, die bis zur Brust herunterhing und die er nach hintern schleudern musste, um zu sehen, wohin er ging. Der andere hatte einen schwarzen Hut auf und trug um den Hals einen roten Schal, der bis zum Boden reichte. Wenn er nicht aufpasst, dachte ich, dann stolpert er darüber.

Auffällig war auch der Wortschatz, den die Künstler nutzen, um ihre Werke anzupreisen. Es klang wie ein Börsenbericht von der Wall Street. »Das Bild ist das perfekte Investment für die Zukunft«, sagte einer zu einer alten Dame mit einer riesigen Brille. »Sie können es als Ihre private Altersvorsorge erwerben. Jedes Jahr gibt's Zinsen und Dividenden. In zehn Jahren werden Sie froh seinen, einen Gießübel-Sauertopf Ihr eigen nennen zu können.«

Die Besucherin sagte: »Ich finde, Ihr Künstlername könnte etwas geschmeidiger sein.«

»Aber so heiße ich nun mal.«

»Lassen Sie den Sauertopf weg, Gießübel reicht.«

»Finden Sie?«

Sie nickte.

Lysander war inzwischen zu mir gestoßen und hatte den Dialog mitangehört. Er sagte: »Jeder Schrott wird heute in entsprechendem Kontext mit Bedeutung aufgeladen. Es braucht nur hochtrabendes Kunst-Blabla und die Neureichen zücken ihre Scheckhefte.«

Die Kaufinteressentin drehte sich um und sagte empört: »Ich bin keine Neureiche!«

»Umso schlimmer!«

»Pah!«, stieß sie aus.

Ich musste lachen und sagte: »Verzeihen Sie bitte, mein Bekannter ist in Sachen Kunst und Kommerz etwas reizbar.«

Lysander fiel mir ins Wort: »Du sollst dich für mich nicht entschuldigen.«

Ich zog ihn am Hemdsärmel weiter, doch Lysander wandte seinen Kopf in ihre Richtung und rief: »Gemälde sind doch für Sie nur Spekulationsobjekte.«

»Ich bin eine Kunstliebhaberin!«, entgegnete sie.

»Vor wegen«, murmelte er.

Wir waren mittlerweile an einem Bild angekommen, das wie ein Foto aussah.

Ich fragte: »Was ist denn das?«

Lysander antwortete: »Das ist ein Porträtfoto, auf das Farbe gepinselt wurde.«

»Ach, das geht auch?«

»Natürlich. In der Kunst ist alles erlaubt.«

Wir schlenderten weiter und hielten bei einem Händchen haltenden Paar an. Ich sah mir die Bilder näher an und fragte sie: »Sind Sie das?«

Sie antwortete: »Ja, wieso?«

»Irgendwie taktlos.«

Der Maler fragte: »Wie meinen Sie das?«

»Sie haben sie hässlicher gemalt, als sie ist.«

Er meinte: »Nein, ich habe sie nach der Natur gemalt.«

»Trotzdem taktlos.«

Er verteidigte sich: »Ich kann doch nichts dafür, wenn die Natur taktlos ist.«

Sie fragte: »Wie bitte?«

Lysander sagte süffisant: »Ein Kavalier würde so manches übersehen.«

Der Maler sagte: »Ich bin kein Kavalier, wenn ich einen Pinsel in der Hand habe.«

Seine Freundin meinte: »Das stimmt, wenn er malt, hat er immer eine Saulaune.«

Ich sagte: »Und Sie müssen es ausbaden.«

Sie zückte ihr Handy und machte ein Selfie von sich. »Sie haben recht.«

Jetzt zog Lysander mich am Ärmel weiter. Da hörte ich sie schon streiten: »Das bin nicht ich!«

»Das bist du doch!«

»Nein, ich bin hübscher.«

Sie zeigte das Foto ihrem Freund:

»Sehe ich so aus?«

»Du bist jetzt geschminkt.«

»Und ungeschminkt?«

Er zeigte auf sein Gemälde: »Voilà!«

Sie schrie: »Das ist eine Frechheit!«

»Was kann ich dafür?«

»Du hättest so galant sein können und die Augenringe etwas kaschieren –«

»– Ich male, was ich sehe.«

»Und selbst, wenn ich aussehe wie eine Nachteule?«

»An der Staffelei kann ich nicht lügen.«

»Und jetzt schon?«

Er zuckte mit den Achseln.

»Weißt du was? In Zukunft kannst du dich selbst malen.«

Sie haute ihm eine runter und dampfte ab.

Lysander und ich blickten uns schmunzelnd an und schlenderten weiter durch den Salon.

Im Vorbeigehen hörte ich zwei Maler tuscheln: »Jetzt stehe ich schon über eine Stunde hier und noch kein Schwein hat sich für meine Bilder interessiert.«

Der andere sagte: »Schade, dass wir keinen Kaiser mehr haben.«

»Wieso?«

»Wenn Kaiser Wilhelm bei Malern zu Besuch war, hat er immer dutzendweise Bilder gekauft. In Berlin machte deshalb das geflügelte Wort die Runde: ›Wer mit Seiner Majestät Kaffee trinkt, muss mit seinen Bildern abgerechnet haben.‹

»Du hast recht. Heute gibt es keine Kunstmäzene mehr.«

Lysander ergänzte flüsternd: »Und keine guten Maler.«

Er ging er auf einen Mann in einer Ecke zu, der eine Trachtenjoppe und einen Schnauzer trug. Er begrüßte ihn mit den Worten: »Hallo Korbinian, wie geht's?«

»Danke, kann nicht klagen.«

Lysander zeigte auf ein Bild, auf dem ein Esel abgebildet war und sagte:»Ah, ein Selbstporträt! Du hast dazugelernt. Den dümmlichen Gesichtsausdruck hast du exakt wiedergegeben.«

Korbinian antwortete verärgert:»Ich male immer noch besser als du.«

»Und das sagt der drittbeste Maler vom Hasenbergl.«

Ich frage Lysander:»Klärst du mich auf?«

Lysander erläuterte:»Er hat mal während des Studiums bei einem Malwettbewerb im Hasenbergl teilgenommen und nur den dritten Platz belegt. Ein Tapezierer und ein Anstreicher haben ihn besiegt.«

Korbinian sagte.»Immer noch besser als ein Spitzweg-Plagiator, ödestes Biedermeier von vorgestern.«

Lysander verteidigte sich:»Auf meinen Bildern geht's eben heimelig zu.«

Korbinian lachte:»Du meinst spießig.«

»Nein, heimatlich. Außerdem gibt's bei mir immer was zum Schmunzeln.«

»Ja, abgedroschene Kalenderwitze.«

Lysander lächelte abschätzig:»Immer noch besser als gar keine Pointe.«

Korbinian sagte:»Die habe ich nicht nötig –«

»– schreit der Esel«, fiel Lysander ihm ins Wort.

Marisa kam in den Salon geeilt und sagte:»Dacht ich mir's doch, dass ihr wieder streitet.«

Korbinian warf den Kopf zurück:»Von wegen Streit, ich bin über seine haltlosen Kommentare erhaben.«

Lysander zeigte auf ein anderes Bild von Korbinian und sagte:»Nicht mal ein Stillleben bekommst du hin, alles zermantschtes Obst und Gemüse.«

Korbinian rief:»Das ist Kubismus, du Idiot!«

Er ging auf Lysander los, da sagte ich:»Ich habe eine Idee: Wir veranstalten einen Malwettbewerb, um herauszufinden, wer der bessere Maler ist. Und zwar im Schnellzeichnen.«

Die Umstehenden fanden die Idee toll.

Lysander sagte:»Das können wir gerne machen. – Ach, Korbinian, könntest du mir bitte für die Allegorie der Dummheit Modell stehen?«

Dieser antwortete:»Das kannst du einfacher haben. Häng einfach einen Spiegel auf.«

Wieder gingen die beiden aufeinander los.

Ich schritt ein und sagte:»Wir brauchen aber einen Juror, der völlig unbefangen ist.«

Marisa sagte:»Aber wer könnte das sein?«

Ich antwortete:»Keiner der hier anwesenden Leute, versteht sich.«

Korbinian sagte:»Ein Nachbar vielleicht?«

Lysander meinte:»Korbinian wohnt hier, also sind alle Nachbarn befangen.«

Ich erinnerte mich daran, dass Marisa am Telefon von ihrem Pferd geschwärmt hatte. So sagte ich.»Ich hab's: Hektor!«

Lysander fragte:»Wer ist Hektor?«

Marisa sagte:»Mein neues Pferd!«

Korbinian stammelte:»He?«

Marisa fand die Idee großartig. Sie sagte strahlend:»Der ist wirklich unbefangen, er kennt weder Korbi noch Lysander.«

Ich sagte:»Die beiden werden ein Porträt von Hektor anfertigen und er soll dann entscheiden, welches ihm besser gefällt.«

Korbinian sagte:»Ein Pferd soll Juror spielen?«

Der»taktlose«Maler von vorhin wandte ein:»Der hat doch keine ästhetische Erziehung genossen!«

Korbinian ergänzte:»Und er hat kein Kunststudium absolviert.«

Lysander sagte:»Du auch nicht.«

»Pah!«

Ich sagte:»Aber genau das prädestiniert ihn für die Rolle des Kunstrichters: Er ist nicht verbildet oder voreingenommen. Er ist ein unschuldiges Wesen mit natürlicher Urteilskraft.«

Alle stimmten mir zu.

»Gut«, sagte ich,»dann holt ihn.«

Die alte Dame fragte:»In den ersten Stock?«

Marisa sagte:»Warum nicht? Im Erdgeschoss geht es schlecht. Wir werden den Boden mit Pappkarton auskleiden, damit er ihn nicht verschmutzt.«

Gesagt, getan. Im Nu hatten die Maler den Hausflur und die Treppe in den ersten Stock mit Karton ausgekleidet und Marisa holte ihr Pferd. Kurze Zeit später hörte ich es auch schon im Treppenhaus wiehern. Das vierbeinige Modell klapperte die Treppe hoch und entpuppte sich tatsächlich als das bockende Pferd von vorhin. Hektor war völlig ruhig, offenbar war er dergleichen schon gewöhnt. Marisa stellte links und rechts von seinem Kopf jeweils eine Staffelei auf und spannte jeweils ein DIN-A3-Blatt hochkant ein. Dann bezogen beiden Musen-Kombattanten mit einem Zeichenstift in der Hand ihre Positionen. Marisa zählte den Countdown herunter:»Fünf, vier, drei, zwei, eins, los geht's!«

Beide Maler legten mit flinken Strichen los. Wie man sehen konnte, waren beide vom Fach. Schon nach kurzer Zeit hatten beide den Umriss von Hektors Kopf skizziert. Korbinian tendierte in seiner Interpretation eher zum Typ Haflinger, während Lysanders Zeichnung einem Lipizzaner ähnelte.

Hektor focht das alles nicht an. Er stand brav da und zerkaute genüsslich die Karotten, die Marisa ihm ins Maul steckte. Die Partygäste raunten sich zu, wer wohl den Vorzug des vierbeinigen Jurors bekommen würde. Dabei waren die Meinungen durchweg gespalten.

Jemand bemerkte, die Zeichnungen sähen aus wie Phantombilder, worauf Marisa sagte:»Unlängst wurde ein Bekannter von mir in Rom bestohlen. Als er nach dem Aussehen des Räubers gefragt wurde, hat er kurzerhand ein Phantombild gezeichnet. Und die Polizisten haben den Täter sofort erkannt. Sie sagten: ›Das ist der Giulio Tinelli, ein stadtbekannter Dieb‹.«

Herr Gießübel-Sauertopf sagte:»Das hätte bei Picasso nicht funktioniert, da wär der Dieb vollkommen sicher gewesen.«

Lysander meinte zu Korbinian:»Und bei dir wär er auch sicher gewesen.«

Er lachte aus vollem Halse.

Korbinian entgegnete gereizt:»Das werden wir ja sehen.«

Die beiden Zeichnungen waren inzwischen weit fortgeschritten und Korbinian sagte voller Stolz:»Ich frage mich, in welchem Kunstmuseum diese Zeichnung dereinst hängen wird?«

Lysander antwortete:»Du meinst, auf welche Müllhalde sie geworfen wird. Also, vom Farbton her würde sie auf die Müllhalde Nord passen, zusammen mit schwarzen Autoreifen und braunen Autositzen.«

Korbinian ging mit dem Zeichenstift auf Lysander los, da wieherte das vierbeinige Modell und rief beide Maler zu Ordnung. Alle Umstehenden lachten.

Marisa sagte:»Hektor hat recht! Er ist die Hauptperson und verdient volle Aufmerksamkeit. Also, macht weiter.«

Kurz darauf kam eine ältliche Frau die Treppe heraufgestapft. Als sie den Hengst im Flur stehen sah, schüttelte sie den Kopf und schimpfte:»Jetzt treibt sie's auch noch mit einem Pferd. Pfui Teufel!«

Marisa wiegelte gelassen ab:»Ist schon gut, Frau Segmüller.«

Von oben war die zittrige Stimme eines Greises zu hören:»Feiern Sie heute eine Orgie, Frau Helmbrecht?«

»Nein, Herr Grunau, das ist nur ein Malwettbewerb.«

»Ach, schade.«

»Vielleicht beim nächsten Mal.«

»Das sagen Sie schon die ganze Zeit.«

Marisa schaute auf die Uhr und sagte:»Die Zeit ist um in zehn, neun, acht ...«

Sie zählte den Countdown herunter. Und als sie »Stopp« sagte, legten beide Maler die Zeichenstifte weg. Marisa drehte die Staffeleien um, direkt vor Hektors Gesicht. Dann ging sie einige Schritte zurück. Sie sagte:»Pst, keine Beeinflussung.«

Korbinian schnalzte mit der Zunge, als wolle er ein Pferd antreiben. Doch Marisa zischte:»Still, Korbi, immer fair bleiben.«

Hektor betrachtete zuerst Lysanders Zeichnung. Er kam ganz nah, beäugte alles von oben nach unten, dann von links nach rechts. Anschließend schwenkte er seinen Kopf zu Korbinians Porträt. Auch hier besah er alle Details. Es war so still – man hätte eine Stecknadel fallen hören können. Der vierbeinige Juror musterte die Ohren von Korbinians Zeichnung und schüttelte den Kopf. Lysander lachte auf.

»Pst«, zischte Marisa.

Dann widmete sich das Pferd wieder Lysanders Zeichnung.

Die ältere Dame hinter mir flüsterte:»Wie Buridans Esel.«

»Was?«, wisperte ich.

»Ein altes Gleichnis aus Persien: Ein Esel steht zwischen gleich großen Heuhaufen und verhungert schließlich, weil er sich nicht entscheiden kann, welchen er zuerst fressen soll.«

»Ich hoffe doch, dass er sich bald entscheiden kann. Sonst stehen wir morgen noch da.«

Hektor schien mich gehört zu haben. Denn vor Lysanders Zeichnung wieherte er und nickte mit dem Kopf. Lysander schrie: »Sieg! Ich habe gewonnen!«

Er hüpfte auf der Stelle herum. »Hektor ist eben doch ein Kunstexperte!«

Korbinian sagte verärgert: »Das Mistvieh ist befangen.«

Marisa sagte kühl: »Er kennt Lysander nicht, also kann er auch nicht befangen sein.«

Korbinian fuhr fort: »Er hat doch von Kunst keine Ahnung.«

Marisa sagte: »Hektor ist ein intelligentes Pferd.«

Lysander lachte auf: »Da hörst du's. Das Urteil wurde von einem Fachmann gesprochen.«

»Pah«, schrie Korbinian und lief wütend die Treppe hinunter.

Lysander sagte triumphierend: »Jaja, das hätte ich mir denken können: Erst zeichnet er schlecht und dann ist er auch noch ein schlechter Verlierer!«

Marisa hatte inzwischen Champagner ausgeschenkt und prostete Lysander zu: »Glückwunsch!«

Alle stießen auf den Sieger an. Lysander trank einen Schluck und sagte: »Jetzt weiß ich auch, wie sich Apelles gefühlt haben muss.«

»Was?«, fragte ich.

Lysander erläuterte: »Apelles war der Hofmaler von Alexander dem Großen. Als der Makedonenkönig mit einem Reiterporträt nicht einverstanden war, weil es ihm angeblich nicht ähnlich genug sah, kam Alexanders Pferd und hat das Bild angewiehert. Apelles wertete das als Zustimmung und Alexander gab sich damit zufrieden.«

Lysander streichelte Hektor und sagte: »Du bist ein wahrer Kunstkenner!«

Nachdem wir Lysander gebührend gefeiert hatten, brachte Marisa ihren vierbeinigen Kunstexperten zurück in den Stall. Lysander und ich begleiteten sie. Er sagte zu ihr: »Ach ja, bevor ich's vergesse. Jimmy ist mein Passepartout.«

»Was?«

»Mein Türöffner.«

»Wirklich? Ich meine, Du kannst …«

Sie drehte pantomimisch einen Schlüssel um.

Ich antwortete: »Ja, ich habe mal bei einem Schlüsseldienst gearbeitet.«

»Wie praktisch.«

Lysander fuhr fort: »Er verschafft mir Zugang zu meinen Werken.«

Sie lachte schrill auf: »Jetzt hast du also einen Idio …«

Ich verzog das Gesicht, aber sie hatte recht. Ich war wirklich ein Idiot! Aber was tut man nicht alles für eine Frau, die man begehrt.

Lysander sagte: »Aber er hat seinen Preis. Da gibt es eine Frau –«

»– die nicht so recht will«, fiel sie ihm ins Wort:

Ich sagte: »Aber sie steht auf Malerei.«

Marisa meinte: »Ach, darum geht's.«

Ich sagte: »Ich habe ein Bikini-Foto von ihr. Könntest du damit einen Akt zeichnen?«

Lysander sagte: »Wir dachten da an eine Cyrano de Bergerac-Nummer.«

Ich erläuterte: »Ich spiele den Maler …«

Marisa ergänzte freudig: »Und ich male sie stellvertretend.«

Lysander sagte: »Aber vorher, nicht währenddessen.«

Marisa schaute etwas enttäuscht drein. Dann sagte sie zu Lysander: »Einverstanden. Ich bin dir was schuldig.«

Zu mir sagte sie: »Kannst du mir das Foto mailen?«

»Kein Problem.«

Sie gab mir ihre Mailadresse.

Ich fragte sie: »Wie lange wird es dauern?«

»Ach, das geht schnell. Am Montagnachmittag ist es fertig.«

Ich musste an den Streit des Pärchens im Salon denken. So fragte ich sie: »Könntest du den Akt etwas schönen?«

Marisa antwortete: »Das ist mit meinem künstlerischen Ethos nicht vereinbar.«

»Marisa, es geht nicht um dich und dein Berufsethos. Ich will Alina ins Bett kriegen und da ist Schmeichelei nun mal das beste Mittel.«

Sie wehrte ab. »Ist ja schon gut. Also, bis Montag.«

Dann saß sie auf und ritt auf Hektor zum Stall.

Lysander sagte zu mir: »Ich zeig dir jetzt mein Atelier, dann kannst du dich mit allem vertraut machen.«

Wir gingen zur U-Bahnstation und fuhren mit der U-Bahn zur Haltestelle Westendstraße. Dort angekommen, ging Lysander in eine Gasse, deren Häuser mehr als zweihundert Jahre alt zu sein schienen. Er steuerte auf einen Neubau zu, was ich insgeheim guthieß, denn so konnte ich mit modernstem Wohnkomfort rechnen. Doch er ging daran vorbei und hielt an der Tür eines Hauses, dessen Fassade am baufälligsten war. Er griff tief in seine Tasche und zog einen riesigen Bartschlüssel hervor, der aus dem Mittelalter hätte stammen können. Er steckte den Schlüssel ins Schlüsselloch und wollte ihn herumdrehen, doch er schaffte es nicht. Lysander gab sich Mühe und musste all seine Kraft aufwenden, um das sperrige Schloss aufzuschließen. Endlich gelang es ihm und er öffnete die windschiefe Haustür. Im Treppenhaus roch es modrig und die Stufen waren abgetreten.

Ich meinte:»Sag jetzt nicht, dass dein Atelier unterm Dach liegt wie bei Spitzwegs ›armen Poeten‹.«

Er antworte:»Genau das.«

Unter lautem Knarzen stapften wir die Stufen hoch. Oben angekommen öffnete er die Wohnungstür mit einem modernen Schlüssel und er sagte mit einer einladenden Geste »mein Palais«. Ich hatte schon chaotische Zustände erwartet, doch als ich durch einen Vorhang ins Atelier trat, war ich wie geblendet. Vor meinen Augen entfaltete sich eine orientalische Suite wie aus »Tausendundeiner Nacht«. Goldbetresste Diwane waren von silbernen Schleiern verhüllt und bildeten romantische Liebesnester. Auf Perserteppichen lagen bunt bestickte Sitzkissen und dazwischen standen antike Statuen, Speere und Schilde, die an das Heerlager eines persischen Großkönigs erinnerten. Am reizvollsten jedoch war das geheimnisvolle türkisblaue Licht, das mich in eine magische Stimmung versetzte.

»Wow!«, sagte ich,»so habe ich mir das Gemach von Scheherazade immer vorgestellt.«

Lysander sagte:»Da liegst du gar nicht mal so falsch. Ich habe mich tatsächlich von ›Geschichten aus Tausendundeiner Nacht‹ inspirieren lassen.«

Ich schlenderte durchs Atelier und sah mir die vielen Gemälde an, die auf dem Boden lagen. Eines war nur zu einem Viertel bemalt.

Ich fragte ihn:»Wieso ist das Bild nicht fertig?«

Er antwortete:»Weil ich daran gehindert wurde.«

»Wie bitte?«

31

Lysander erläuterte: »Das ist ›Das Urteil des Paris‹. Ich wollte eine Studie anfertigen zum berühmten Bild von Sandro Botticelli, aber ich bin nicht weit gekommen.«

»Und wieso nicht?«, wollte ich wissen.

»Nun, ›Das Urteil des Paris‹ zeigt eine Episode aus der griechischen Mythologie. Es geht um einen Streit zwischen Aphrodite, Athene und Hera, wer die Schönste sei und Paris, der Sohn des Priamos, sollte entscheiden. – Ich hatte drei Modelle eingeladen.«

Lysander ging inzwischen zum Kühlschrank in die Küche und schenkte zwei Bier ein.

»Ich hatte vorher leider vergessen, die Rollen zu verteilen. So wollte jedes Modell die Siegerin, Aphrodite, darstellen – ein fürchterliches Gezänk. Als ich einen Vorschlag machte, sind die beiden Verliererinnen über mich hergefallen wie Furien. Also habe ich das Los entscheiden lassen.«

Er prostete mir zu und wir tranken einen Schluck.

Dann fuhr er fort: »Aber damit war der Streit nicht beigelegt. Die Athene- und Hera-Darstellerinnen haben gezetert, dass das Bild keinen Sinn ergebe, weil ja offensichtlich sie die Schönsten seien. Und so ging es dahin. Der Zickenalarm nahm einfach kein Ende. Also habe ich entnervt abgebrochen.«

Ich fragte ihn: »Und was machst du jetzt mit dem Bild?«

»Ich werde jede Dame einzeln einladen und ihr vormachen, sie sei Aphrodite.«

»Dann möchte ich aber nicht dabei sein, wenn alle drei das Bild sehen.«

Er sagte lächelnd: »Ich auch nicht.«

Wir waren inzwischen zu einer Holzstaffelei gegangen und ich fragte ihn: »Könntest du mir zeigen, wie man damit hantiert?«

Er antwortete: »Ganz einfach. Stell sie zwei Meter vor dem Diwan auf.«

Er nahm sie und positionierte sie mittig vor einem goldbetressten Sofa. Ich fragte weiter: »Und wie spannt man eine Aktzeichnung ein?«

»Marisa wird sicherlich einen DIN-A-3-Karton auf eine Zeichenplatte aufziehen und die Ränder mit Klebestreifen befestigen.«

Er nahm eine hölzerne Zeichenplatte.

»Du brauchst dann nur die Zeichenplatte querkant einzuspannen. Dazu legst du sie einfach auf den Bildträger, schiebst die obere Halterung nach unten und ziehst die Schraube an, fertig.«

Er nahm ein Blatt Papier.

»Zum Kritzeln legst du ein DIN-A-3-Blatt darüber und machst es mit einem Tesafilm fest. Und zum Schluss ziehst du es dann weg und zum Vorschein kommt die Aktzeichnung.«

Verstehe. Alina wird denken, dass ich zuerst Studien angefertigt habe und dann erst den eigentlichen Akt.

Lysander nickte und ging zu einem Kleiderschrank.

»Hier habe ich einen Fundus an exotischen Kleidern. Falls sie sich vorher etwas verkleiden möchte.«

Ich ließ meine Finger über die seidenen Kleider streichen und nahm eines heraus. Es war ein wallendes rosa Bauchtanzgewand mit einem bestickten Top.

»Wow!«, sagte ich, »da fühlt man sich wirklich wie in ›Sindbads Abenteuer‹.«

Lysander ging in die Küche und öffnete den Kühlschrank.

»Hier sind einige Flaschen Champagner und die Sektgläser sind im Regal.«

Dann öffnete er die Schublade einer Kommode.

»Und hier sind Kondome.«

Ich sagte überrascht: »Ganz schön viele …«

Er lächelte: »Man weiß ja nie.«

Er schob die Schublade wieder zu und meinte: »Ach ja, da hinten ist die Dusche und Handtücher.«

Ich fragte: »Und Musik?«

Er ging zu einer Hi-Fi-Anlage. »Ich habe hier eine Bar-Jazz-CD, die sorgt für eine lockere musikalische Untermalung.«

»Sehr gut. Und das Licht?«

»Kann man dimmen. Hier ist der Drehknopf.«

Ich sagte: »Perfekt! Dann kann ja nichts mehr schiefgehen.«

KAPITEL 3

Am Montagnachmittag fuhr ich zu Marisa – die Aktzeichnung holen. Ich hatte mir dazu eigens eine Mappe und eine Umhängetasche gekauft, wie sie Maler gewöhnlich bei sich tragen.

Als ich bei ihr klingelte, sagte sie an der Wechselsprechanlage, dass gerade ein Kunsthändler zu Besuch sei und sie die Wohnungstür angelehnt lasse. So stieg ich hoch in den ersten Stock und betrat die Wohnung. Wie ich durch einen Türspalt hören konnte, feilschte Marisa mit dem Kunsthändler um ein Bild. Sie wollte 1.000 Euro haben, er aber bot nur 200 Euro. Und um den Preis zu drücken, mäkelte er an allem herum.

Er sagte: »Das ist doch keine Trauerweide. Das sieht aus, wie eine Kreuzung aus einer Buche und einer Linde. Völlig unnatürlich. Und hier, der Bauer sieht so weinerlich drein. Nein, so ein trostloses Bild will doch niemand kaufen.«

Marisa hatte dem schlauen Händler nichts entgegenzusetzen und stand nur stumm da. So ergriff ich die Initiative und trat in den Salon.

Ich sagte: »Entschuldigen Sie, ich komme gerade vom Klinikum Rechts der Isar und muss Frau Helmbrecht etwas Wichtiges sagen.«

Marisa verstand nicht.

Ich insistierte: »Marisa, es ist wichtig!«

Ich zog sie am Hemdsärmel in den Nebenraum.

Sie fragte gereizt: »Was ist denn?«

Ich erläuterte: »Das musst du völlig anders anpacken.«

»Was?«

»Also, ich spiele jetzt deinen Cousin, der dir die Hiobsbotschaft von deiner Krebsdiagnose überbringt: Laut Ärzten hast du nur noch ein halbes Jahr zu leben. Was glaubst du, wie die Preise dann durch die Decke schießen werden.«

Sie sah mich entgeistert an:»Das kann ich noch nicht machen.«

»Wieso nicht? Das ist ein alter Börsentrick: Verknappung lässt die Preise steigen.«

Sie war immer noch skeptisch. So fuhr ich fort:»Also, du wirst jetzt weinend ins Wohnzimmer laufen und sagen, dass du sofort ins Klinikum musst, weil bei dir Brustkrebs entdeckt wurde. Ich mache dann den Rest.«

Sie fragte:»Wie viel?«

»Was?«

»Wie viel willst du haben vom Preisaufschlag?«

Ich antwortete:»Ich will nur die Aktzeichnung.«

Sie ging zu einer Kommode und zog sie hervor.

»Hier.«

Ich sah sie mir an und war beeindruckt. Marisa hatte Alina so schön gemalt wie Sandro Botticelli seine Venus. Doch anders als bei der»Geburt der Venus« hatte Alina schwarze Locken.

Ich legte die Zeichnung in meine Mappe und steckte beides in meine Umhängetasche. Dann fragte ich Marisa:»Wie gehe ich konkret vor.«

»Das weiß ich nicht. Es war doch deine Idee.«

Ich sagte:»Ich meine, bei Alina. Soll ich auftreten wie ein großer Künstler?«

»Du meinst genialisch?«

Ich nickte.

Sie sagte: »Das kannst du gerne machen. Sprich mit tiefer Stimme und mach ausladende Gesten. Einen Malermantel kannst du auch anziehen, der hängt gleich beim Eingang.«

»Okay. – Und du spielst jetzt die weinende Malerin und läufst aus der Wohnung. Und wenn der Kunsthändler weg ist, kommst du zurück.«

Sie sah mich nüchtern an: »Es geht nicht.«

»Was?«

»Ich kann nicht auf Kommando weinen.«

Ich erläuterte: »Denk an was Trauriges, was dir mal passiert ist.«

»An was?«

»Hast du mal ein Haustier verloren?«

»Ja, ich hatte mal einen süßen kleinen Hund, Waldi!«

»Wunderbar, ähm ... ich meine schön traurig.«

Ich fuhr fort: »Denk an seine Beerdigung.«

Es dauerte keine fünf Sekunden, da öffneten sich die Schleusen ihrer Augen und sie lamentierte: »Mein kleiner Waldi! Er war so süß. Ein rotbrauner King Charles Spaniel. Wenn er angelaufen kam, dann schlackerte er so süß mit den Ohren.«

Sie weinte sich an meiner Brust aus, ich ließ sie gewähren.

Sie schluchzte: »Und dann ... er ist ihm vors Auto ... ahhh ...«

Jetzt rannen Sturzbäche an ihren Wangen herunter und sie lehnte sich an meiner Schulter an.

Ich sagte: »Marisa, du sollst nicht trauern wegen deinem Waldi.«

»Was?«

»Ich meine, es tut mir auch leid, dass dein Waldi einen Unfall hatte. Aber jetzt geht es darum, dem schmierigen Kunsthändler etwas vorzuspielen. Schaffst du das?«

Sie nickte. Dann zückte sie ein Taschentuch und wollte sich die Tränen wegwischen.

Ich hinderte sie daran und kommandierte: »Nicht wegwischen! Lass rinnen, Baby! Er soll sie ruhig sehen … «

Sie nickte. Dann drehte sie sich um, besann sich einen Moment und stürzte in den Salon. Ich beobachtete sie durch einen Türspalt. Sie sagte ganz aufgeregt: »Herr Schleimbeutel, ich habe gerade etwas Furchtbares erfahren: Brustkrebs! Endstadium! Ich muss sofort zum Klinikum Rechts der Isar. Auf Wiedersehen.«

Dann stürzte sie hinaus.

Ich war zufrieden mit ihrer Vorstellung. Doch jetzt war ich an der Reihe mit Schauspielern. Ich überlegte, wie ich Tränen hervorzaubern könnte. Dabei kam mir in den Sinn, dass ich auch mal einen Hund hatte, der … – Aber diesen emotionalen Aufwand wollte ich nicht treiben. So ging ich einfach zum Aquarium, das in einer Ecke stand, und benetzte mir die Augen. Dann betrat ich weinerlich dreinblickend den Salon. Ich sagte zum Kunsthändler mit schwacher, erstickter Stimme: »Ich darf mich vorstellen: Ich bin Jimmy Krohnstadt, ihr Cousin. Ich werde die Verkaufsverhandlungen für Frau Helmbrecht führen.«

Er fragte: »Stimmt das? Ich meine die Krebsdiagnose?«

»Ja, ich komme gerade von Rechts der Isar. Ich war dort wegen einer Knie-Operation. Da hat mir eine Krankenschwester der Onkologie den dramatischen Zustand meiner Cousine offenbart.«

Der Kunsthändler war sichtlich betroffen. Er suchte nach Worten und sagte schließlich: »Dieses Bild … auch wenn es um Ihre Cousine schlecht steht … mehr als 200 Euro –«

Ich unterbrach ihn: »Ich habe alle ihre Bilder pauschal für 5.000 Euro gekauft.«

Er erschrak sichtlich.

Ich fuhrt fort:»Nun, so traurig es ist. Sollte sie … was wir nicht hoffen wollen, dann werden für einen Helmbrecht Höchstpreise bezahlt werden und deshalb habe ich mir alle Bilder gesichert.«

Er blickte überrascht.

Ich erläuterte:»Wissen Sie, sie hat keine Todesfallversicherung und ihre Beerdigung wird sehr viel Geld kosten. Sie hat sich einen goldenen Prunksarg gewünscht und ein komplettes Streichorchester.«

Jetzt begann er zu handeln. Er betrachtete das Bild und sagte»Natürlich, jetzt wo ich mir das Bild genauer ansehe, entdecke ich Züge und Motive, … es ist vielleicht doch wertvoller, als angenommen. Hier zum Beispiel.«

Er deutete auf den Baum.

»Sehen Sie nur, eine Trauerweide, als ob sie ihren Tod …«

Ich sagte:»Ja, das ist ja eine gespenstische Vorahnung ihres Schicksals …«

»Sie sagen es. Das ist die Intuition einer Frau, die ihr baldiges Ende …«

Ich nickte. Er wollte schon eine Zahl aussprechen, besann sich aber eines Besseren. Schließlich sagte er:»Angesichts dessen biete ich 1.500 Euro.«

»Tut mir leid«, antwortete ich, »unter zehn Riesen geht gar nichts.«

Er wich empört zurück.

»Wie ich schon sagte, der Sarg ist aus purem Gold.«

»Dann nehmen Sie doch einen aus Blei und lassen Sie ihn vergolden.«

Jetzt spielte ich den Empörten:»Das würde ich niemals übers Herz bringen.«

Er überlegte. »Sagen wir 10.000 für zwei.«

»Nein, ich verkaufe nur eines an Sie.«

»Wieso?«, wollte er wissen.

»Nun, Frau Helmbrecht hat mir mitgeteilt, dass jeder Kunsthändler genau ein Bild von ihr haben sollte ... zur Erinnerung!«

»Sie haben recht«, lenkte er plötzlich ein, »natürlich wird dieses Bild in meiner Villa einen Ehrenplatz bekommen. Ich werde es gerne abstauben ... ich meine staubfrei halten.«

Er kramte aus seiner Hosentasche seine Brieftasche hervor: »Gut, weil Sie es sind: Ich kaufe es für 10.000 Euro.«

Er zählte fünfzig 200-Euro-Scheine auf den Tisch und überreichte mir das Bündel.

Ich nahm es und sagte: »Frau Helmbrecht wird Ihnen den Kaufvertrag zuschicken.«

Er nahm darauf das Bild unter den Arm und sagte zum Abschied »schöne Grüße an Frau Helmbrecht«, dann ging er die Treppe hinunter.

Wenig später kam Marisa zurück in die Wohnung und fragte: »Hat es geklappt?«

»Ja, hier.«

Ich übergab ihr das Bündel Geldscheine.

Sie riss die Augen auf und zählte die Scheine: »Wahnsinn, 10.000 Euro!«

Ich sagte zu ihr: »Übrigens werden dir die Kunsthändler jetzt die Tür einrennen. Du kannst für jedes Gemälde 10.000 verlangen.«

»Und nach einem halben Jahr Chemotherapie verkünde ich die überraschende Heilung! Die werden Gesichter machen.«

»Aber treib es nicht zu bunt.«

Sie umarmte mich und ich ging des Weges.

Am Abend war mein großer Aufritt als Maler gekommen. Ich empfing meine Flamme Alina in Lysanders Atelier. Um sie zu beeindrucken, zog ich Lysanders bauschenden Malermantel an. Als ich mich im Spiegel betrachtete, musste ich unwillkürlich an die Malerfürsten Franz von Stuck und Friedrich August von Kaulbach denken. Ich nahm eine Künstlerpose ein, dann klingelte es. Ich ging zur Wohnungstür und öffnete – und erntete gleich mal ein helles Kichern.

»Wie siehst du denn aus?«, fragte Alina erheitert.

»Na, wie wohl? Wie ein großer Maler.«

Sie musste noch mehr Lachen. »Du siehst gar nicht aus wie ein Künstler.«

»Du meinst ... zu wenig genialisch? Keine pomadisierte Haarlocke? Kein roter Schal? Kein schwarzer Hut?«

»Nein, das meine ich nicht«, sagte sie. »Mit deinem Seitenscheitel und halblangen Haaren wirkst du fast wie ein Kleinbürger.«

»Das täuscht«, entgegnete ich. »Thomas Mann kam ja auch daher wie ein Sparkassenangestellter und hat große Kunst fabriziert.«

Ich hieß sie mit einem Küsschen willkommen und kredenzte ihr ein Glas Sekt. Dann bat ich sie ins Atelier. Wie ich gehofft hatte, verfehlte die orientalische Suite ihre Wirkung nicht. Ihre Augen glänzten und sie sagte begeistert »Wow! Das ist ja wie bei Salome.«

Sie schlenderte durch das Gemach und ließ Schleier und Vorhänge durch ihre Finger gleiten.

Neugierig fragte sie: »Gibt's hier auch Kleider?«

»Natürlich.« Ich ging zum Kleiderschrank und öffnete beide Türen. »Wahnsinn!«, sagte sie. Dann nahm sie eines nach dem anderen heraus und hielt es prüfend vor sich hin.

»Ich wollte voriges Jahr mal Bauchtanzen lernen, aber leider kam ich nicht dazu«, sagte sie enttäuscht.

»Was nicht ist, kann ja noch werden.«

Sie hing die Kleider wieder in den Schrank und verschwand mit ihrer Tasche hinter einem Paravent.

Sie sagte: »Ich zieh mich um.«

Ich fragte sie: »Wieso willst du überhaupt eine Aktzeichnung von dir?«

»Wegen dem Tagebuch meiner Urgroßmutter Charlotte.«

Bluse und Jeans landeten auf der spanischen Wand.

Ich fragte sie: »Deine Urgroßmutter?«

»Ja, sie lebte in Paris und war Aktmodell der großen Maler. Unter anderem von Amedeo Clemente Modigliani.«

»Kenn ich nicht.«

»Was da in den Ateliers abgegangen ist ... Charlotte hat das nur angedeutet, aber das war schon gepfeffert ...«

Jetzt landete die Unterwäsche auf dem Paravent.

Alina fuhr fort: »Als kleines Mädchen wollte ich immer so leben wie sie: Ein gefeiertes Modell von genialen Malern ... und heiß begehrt ...«

»Naja«, antwortete ich, »ein Genie bin ich nicht gerade, aber es wird dir gefallen ...«

Jetzt kam sie hervor und ich staunte! Sie trug ein durchsichtiges, weißes Elfengewand und darunter zwei Schleier, die Brust und Hüfte bedeckten.

»Wow, bist du hübsch!«, stieß ich aus.

Ich ging zu ihr und wollte sie umarmen, doch sie wehrte mit den Händen ab: »Nein, erst musst du mich verfolgen. Das hat Charlotte immer mit ihrem Amedeo gespielt – Nymphe und Schäfer. Los!«, sagte sie, »ich enteile und du bist der geile Schäfer mit dem langen Stab, der hinter mir her ist.«

Ich schnappte mir den Hirtenstab, der an einer Marmorskulptur lehnte und schon begann die wilde Jagd. Sie lief vor mir weg und verfolgte sie, so gut ich im bauschenden Malermantel laufen konnte. Wir jagten auf diese Weise eine Weile durchs Atelier, wobei sie immer vor Freude jauchzte, wenn sie mir gerade noch entwischen konnte.

Ich machte das bukolische Hirtenspiel einige Zeit mit, hatte bald aber keine Lust mehr dazu. Schließlich waren wir wegen einer Malsitzung hier und nicht, um einen 3000-Meter-Hindernislauf zu absolvieren. Also wartete ich einen günstigen Augenblick ab und schmiss meiner Nymphe den Stock kurzerhand zwischen die Beine, sodass sie auf einen Diwan fiel. Ich umschlang sie und sagte: »Hab ich dich endlich.«

Ich öffnete das Kleid und löste den oberen Schleier, worauf alabasterweiße Brüste mit Rosenknospen zum Vorschein kamen. Ich starrte bewundernd auf ihre weibliche Fülle, dann löste ich den zweiten Schleier ... Und da lag Alina nun vor mir wie die Göttin Venus höchstpersönlich. Sie nahm eine aufreizende Pose ein und sagte: »Gefalle ich dir nicht?«

»Und wie! Du bist eine richtige Schönheit.«

»Und wieso zeichnest du mich dann nicht?«

»Ach komm, Alina, du bist so hübsch und sexy.«

Und ich begann sie zu streicheln.

»Nein«, wehrte sie ab, »erst die Arbeit, dann die Belohnung.«

Sie hatte recht, ich hatte ihr einen Akt versprochen. Missmutig ging ich zur Staffelei und kritzelte etwas herum. Dann eilte ich wieder zu meinem Modell und begann, sie zu küssen.

»Wozu das?«, fragte sie.

»So wirkt dein Mund voller, du willst doch einen Kussmund haben?«

»Ja, wäre nicht schlecht.«

Wieder machte ich einen Abstecher zur Staffelei.

»Mist«, sagte ich, »das Zwillingsgebirge will mir nicht gelingen.«

Und schon war ich bei ihr und streichelte ihre Brüste. Sie genoss meine Liebkosungen, wie ich ihrem lustvollen Stöhnen entnehmen konnte. Und ihr Widerstand schmolz langsam wie Eis.

Sie hauchte: »Müsstest du nicht eigentlich an der Staffelei stehen?«

»Müsste ich eigentlich, Liebling«, murmelte ich und ich setzte meine Liebkosungen fort.

Sie seufzte: »Jimmy, nein … Jimmy, nein …«

Ich küsste sie weiterhin.

»Jimmy, nein …«

Ich küsste ihre Brüste …

»Jimmy … ja …«

Nun konnte ich nicht mehr an mich halten und fiel über sie her, ich küsste ihren Mund, ihren Hals, ihre Brüste und dann pressten wir unsere Lippen wieder aufeinander, ich zog Mantel und T-Shirt aus, und sie zerrte an meiner Hose, doch die hakte an den Füßen, so zog sie immer heftiger, bis sie im hohen Bogen davonflog, die Unterhose folgte sogleich, dann drückten wir uns nackt aneinander, wir lagen umklammert auf dem Diwan und waren eins, ich spürte meinen Herzschlag hämmern und sie begann lustvoll zu stöhnen, immer inniger rutschten unsere Leiber aufeinander und immer lauter wurde ihr Ächzen, mein Puls pochte und mein Blut brodelte, und unsere schwitzenden Körper wurden heißer und heißer, ich erhöhte den Schub und die Schreie wurden lauter und als wir den Siedepunkt erreichten, gab es eine Explosion … dann waren meine Tanks leer und ich plumpste auf sie wie eine ausgebrannte Raketenstufe …

Als wir wieder zu uns gekommen waren, fragte ich sie:»War das bei Modigliani auch immer so?«

»Ja, Charlotte hat dann immer geschrieben: ›Was nun folgte glich einem Feuerwerk, einem Vulkan ...‹«

»Und?«

»Was, und?«

»Wie war's bei uns? Hast du auch an ein Feuerwerk oder Vulkan denken müssen?«

»Doch, schon ...«

Ich lachte auf:»Also, nicht so richtig ...«

»Sagen wir ... es war nicht schlecht. Aber es hätte noch eruptiver sein können.«

Ich meinte:»Du könntest ja etwas nachhelfen.«

»Na gut, dann werd ich dem Vulkan mal Dampf machen.«

Und das tat sie dann auch ...

KAPITEL 4

Am nächsten Morgen begutachtete Alina die Aktzeichnung und war hingerissen von ihrer Figur.

Sie sagte:»Jetzt sehe ich aus wie die Venus von Milo.«

»Nein«, meinte ich,»du bist hübscher.«

Sie lächelte geschmeichelt und steckte den Akt in ihre Tasche.

Als ich mit ihr ein weiteres Schäferstündchen vereinbaren wollte, sagte sie:»Aber wieder mit einer Malsitzung.«

Ich meinte:»Ich kann doch nicht jedes Mal eine Aktzeichnung von dir anfertigen?«

Modigliani hat von Charlotte einen Bilderzyklus gezeichnet. Und ich möchte auch einen haben.

»Na gut, wenn's sein muss.«

Sie sagte kokett:»Aber dieses Mal auf der Seite liegend.«

»Wie du willst.«

Wir gaben uns ein Abschiedsküsschen und sie fuhr nach Hause.

Ich räumte das Atelier auf und begab mich danach in meine Wohnung, wo mich Lysander kurz vor Mittag aufsuchte.

»Wie war's?«, fragte er.

»Einfach himmlisch.«

»Das freut mich. Also, die Bilder, um die es geht –«

Ich unterbrach ihn:»Bilder? Plural?«

»Ja, die beiden Bilder.«

Ich sagte:»Moment mal, wir sprachen bislang von einem Bild.«

»Dafür wurdest du bereits entschädigt.«

»Richtig.«

Ich musste an Alinas Bedingung fürs nächste Tete-a-Tete denken.

»Gut«, sagte ich, »wenn ich noch eine Aktzeichnung bekomme …«

»Einverstanden.«

»Das gleiche Modell, nur dieses Mal auf der Seite liegend.«

»Ich werde es in die Wege leiten … Also, das erste Bild, das mir auf den Nägeln brennt, heißt ›Die fröhlichen Zecher‹ und hängt bei Horst Heigermoser, einem Bierbrauer.«

»Hast du es schon bei ihm versucht?«

»Ja, ich habe ihn angerufen, aber eine Abfuhr bekommen.«

»Gut«, sagte ich, »dann versuch ich mal mein Glück.«

Ich wählte die Nummer des Bierbrauers und gab mich als Geschäftsführer der Galerie Seyn & Wetterstein aus. Am Telefon war seine Tochter Edeltraut. Sie sagte: »Mein Vater ist in einer Klinik und das Bild ist nicht mehr da.«

Ich fragte sie: »In welcher Klinik ist der denn?«

Sie antwortete: »In der ›Entzugsklinik Absentia‹.«

Ich ließ mir von ihr die Telefonnummer geben und rief dort an.

Als ich nach Herrn Heigermoser fragte, sagte eine gewisse Frau Sonntheim: »Tut mir leid, Herr Heigermoser hat sogenannten ›roten Ausgang‹, er darf keine Kontakte zur Außenwelt haben.«

»Und warum nicht?«, wollte ich wissen.

»Wegen seinen Arbeitskollegen. Die bringen ihm heimlich Bier mit. Sicherlich, sie meinen es gut; sie richten damit aber Schreckliches an.«

»Ich bin aber kein Arbeitskollege.«

»Das sagen alle, tut mir leid«, dann hörte ich es klicken. Sie hatte aufgelegt.

Lysander blickte mich süffisant an.

Ich verteidigte mich mit den Worten:»Die erste Runde habe ich verloren. Aber es kommen noch ein paar.«

Dann fragte ich ihn nach dem zweiten Bild.

Er sagte:»Es heißt ›Platons Akademie‹ und hängt bei Familie Siepmann in Neuperlach.«

Ich rief dort an und sagte zu Herrn Siepmann, ich wolle eine Ausstellung über den berühmten Maler Lysander Lichtwitz organisieren und alle seine Bilder katalogisieren. Doch der Besitzer entgegnete:»Schon wieder wegen diesem Gemälde? Ich habe bereits abgelehnt.«

Ich erläuterte:»Das Bild soll nur registriert werden –«

Er ließ mich nicht weitersprechen und sagte barsch:»Das Bild befindet sich in Privatbesitz und soll in keinem Katalog erscheinen.«

Dann legte er auf.

»Tja«, sagte ich,»dann müssen wir andere Saiten aufziehen.«

Lysander fragte mich:»Brauchst du mich noch?«

»Nein, lass mich nur machen. Ich geb dir Bescheid, wenn wir eine ›Wohnungsbesichtigung‹ haben.«

Lysander verließ daraufhin meine Wohnung und ich machte mich an die Arbeit.

Ich googelte die»Entzugsklinik Absentia« und entdeckte auf deren Homepage einige Fotos vom gesamten Anwesen. Das Gelände war hermetisch abgeriegelt und von einer zwei Meter hohen, undurchdringlichen Hecke umgeben. Klar, dachte ich mir, die wollen verhindern, dass jemand abhaut, beziehungsweise, dass sich jemand heimlich Bölkstoff besorgt.

Um mir einen genauen Eindruck der örtlichen Gegebenheiten zu verschaffen, fuhr ich hin.

Wie auf der Homepage bereits zu sehen war, glich die Klinik einem Gefängnis mit höchsten Sicherheitsstandards. Nirgends gab es ein Schlupfloch, durch das man das Gelände heimlich betreten konnte. Und die Hecke war so dicht und dornig, dass kein Durchkommen war. Lediglich ein paar Blicke vom Areal konnte man durchs Blätterwerk erhaschen.

Wie ich erkennen konnte, arbeiteten gerade einige Gärtner an Blumenbeeten. Einer von ihnen gab beständig Anweisungen und wurde von den anderen Pawel genannt. Seine Haare sahen aus, als trüge er eine Distel auf dem Kopf, völliger Wildwuchs. Ich dachte mir, bei ihm auf dem Kopf wär's auch mal wieder Zeit fürs Heckenschneiden.

Da sie alle grüne Overalls mit dem Logo »Blumenfix« trugen, reifte ihn mir der Entschluss, mich als Gärtner getarnt unter sie zu mischen. Doch dazu musste ich erst zum Baumarkt fahren.

Als ich den Baumarkt »Häuslebauer« in Giesing betrat, fiel mir erst mal die Kinnlade herunter. Denn ein Gewirr von unendlich langen Gängen breitete sich vor mir aus. Das sah aus wie das Labyrinth von König Minos auf Kreta. Und am Informationsschalter saß auch niemand. Also werde ich mich selbst auf die Suche machen müssen, murmelte ich. Mir fiel ein, dass Overalls eventuell unter der Rubik »Malereizubehör« zu finden waren und marschierte los. Ich blickte links, ich blicke rechts, doch weit und breit war kein Verkäufer in Sicht. Plötzlich kam mir ein Baumarktwitz in den Sinn: Kinder, die beim Versteckspielen die Besten waren, arbeiten heute im Baumarkt. Und wie es schien, waren diese Verkäufer die Allerbesten.

Ich fragte mich, wie locke ich sie nur aus ihren Verstecken hervor? Beim Spielen hatte man gerufen: Ihr habt gewonnen, ihr könnt wieder hervorkommen. Aber auf diesen Trick würden sie wahrscheinlich nicht hereinfallen. Also musste ich mir selbst helfen. Ich klapperte einen Gang nach dem anderen ab und fand schließlich die Overalls. Ich suchte mir einen grünen der Größe »Large« aus und ging Richtung Kasse. Plötzlich erschienen aus dem Nichts zwei Verkäufer und fragten mich, ob sie mir helfen könnten.

»Zu spät«, sagte ich und zeigte ihnen den hochgereckten Daumen.

Mit dem Overall im Gepäck fuhr ich zurück zur Entzugsklinik. Hinter einer Hecke streifte ich ihn mir über und spazierte selbstbewusst zum Eingangstor. Auf die Frage des Portiers, wer ich sei, antwortete ich, ich sei von der Gärtnerei »Blumenfix« und solle die Hecke schneiden. Kurz darauf hörte ich den Türöffner summen und drückte gegen die Tür. Das hat ja schon mal geklappt, sagte ich mir. Anschließend ging ich zur Hinterseite des Anwesens, wo die Gärtner arbeiteten und sagte zu einem, der etwas abseits stand: »Ich bin der Jimmy, die Aushilfe, die Pawel angefordert hat.«

Er sagte erleichtert: »Endlich bekommen wir Verstärkung. Du kannst gleich bei den Geranien anfangen.«

»Okay«, sagte ich, »aber zuvor muss ich Herrn Heigermoser einen Geburtstagsstrauß bringen. Weißt du, wie er aussieht?«

»Ja, das ist der Mann mit dem aufgedunsenen Gesicht. Er sitzt da hinten.«

Er zeigte in Richtung Terrasse, wohin ich mich sogleich auf den Weg machte. Als ich näher kam, sah ich einen Mann an einem Tisch sitzen, der aussah wie ein pausbackiger Mönch einer Bierwerbung:

Ich sprach ihn an: »Herr Heigermoser?«

Er schaute auf: »Ja?«

»Ihre Tochter schickt mich.«

»Ah, die liebe Edeltraut.« Er schaute verstohlen um sich. Dann fragte er: »Hat sie Ihnen was mitgegeben?«

Er machte die typische Handbewegung eines Trinkers.

»Sie meinen, ob ich gluck, gluck, gluck?«

Er nickte heftig.

Ich sagte: »Leider nein.«

Sein Gesicht fiel in sich zusammen.

Ich fuhr fort: »Ich bin wegen einem Gemälde hier. Es heißt ›Die fröhlichen Zecher‹.«

Plötzlich brüllte er los: »Dieses vermaledeite Bild! Das hat mich zum Alkoholiker gemacht!«

Ich fragte ihn: »Wie kann ein Bild jemanden zum Trinker machen?«

»Weil es teuflisch gut gemalt ist. Haben Sie es jemals gesehen?«

»Nein!«

Auf seinen Lippen spielte jetzt ein Lächeln: »Es zeigt glückliche Mönche, die grinsend und lachend Bier trinken.«

Er machte eine Pause.

»Wissen Sie, wenn abends nach der Arbeit nach Hause kam und allein in meiner Wohnung saß, dann mir dieses Bild Trost zugesprochen. Es hat mich förmlich dazu animiert, mir auch ein paar Bierchen hinter die Binde zu gießen. Und anfangs hat es auch geholfen … Aber nach einer Weile wurde der Segen zum Fluch …«

Er schüttelte niedergeschlagen den Kopf.

»Dieses Bild muss der Teufel gemalt haben!«

»Na, na«, sagte ich, »so schlimm ist der Maler auch wieder nicht.«

»Sie reden ja gerade so, als kennten Sie ihn?«

»Sagen wir, ich kenne ihn ein bisschen.«

Herr Heigermoser sah mich verständnislos an.

Ich fragte ihn: »Wo ist das Bild denn jetzt?«

Er begann listig zu lächeln: »Ich hab's meinem Chef angedreht. Wissen Sie, ich kann ihn nicht leiden und da dachte ich, wenn ich schon in die Entzugsklinik muss, dann soll er das Bild bekommen ...«

Ich fragte ihn: »Und wie heißt er?«

»Josef Kuppelwieser, Brauereichef der Höllkraut-Brauerei.«

»Könnten Sie mir seine Telefonnummer geben?«

Er fragte unvermittelt: »Sie wollen ihn warnen, nicht wahr?«

»Aber nein. Ich bin der Geschäftsführer der Galerie Seyn & Wetterstein und möchte eine Ausstellung organisieren.«

Er gab mir die Telefonnummer. Ich wünschte ihm darauf alles Gute und machte mich auf den Weg zum Ausgang. Als mich Pawel sah, rief er mir zu: »Hey Jimmy, wohin gehst du?«

»Herr Heigermoser wünscht sich Maiglöckchen und ich besorge ihm welche.«

»Maiglöckchen?«

»Ja.«

Ich stimmte das Lied an: »Kling, Glöckchen, Klingelingeling ...«

Pawel schüttelte den Kopf und sagte ein paar Worte, die ich nicht verstand, ließ mich aber sonst unbehelligt. So verließ ich das Klinikgelände. Draußen zog ich den Overall aus und rief bei der Höllkraut-Brauerei an. Ich ließ mich mit Direktor Kuppelwieser verbinden und fragte ihn, ob er im Besitz des Bildes sei.

»Ja«, antwortete er mir, »es hängt in meinem Büro, ein schönes Bild.«

Ich wollte ihn schon fragen, ob er auch mit dem Saufen begonnen habe, ließ es aber bleiben. Dafür fragte ich ihn, ob ich das Bild katalogisieren dürfe.

Er sagte: »Tut mir leid, heute geht es nicht. Ich bin heute Nachmittag Vater geworden.«

»Gratuliere!«

Im Überschwang der Gefühle sagte er: »Meine Mitarbeiter geben am späten Nachmittag für mich ein kleines Fest. Da habe ich keine Zeit.«

»Das kann ich gut verstehen. Haben Sie schon einen Namen für ihr Kind?«

»Ja, er soll Karl heißen.«

»Dann wünsche ich dem kleinen Karl alles Gute.«

Er bedankte sich und wir beendeten das Telefonat.

Anschließend fuhr ich nach Hause und sah mich auf der Homepage der Höllkraut-Brauerei etwas um. Das Büro des Direktors lag in der Landsberger Straße, im gleichen Haus wie das Brauhaus. Sehr gut, dachte ich, da wird die Feier sicher dort stattfinden.

Ich rief Lysander an und teilte ihm mit, dass wir uns heute Nachmittag um fünf Uhr bei der Höllkraut-Brauerei im Westend treffen würden. Weiter sagte ich: »Zieh dir einen Anzug an und gib dich als Pressefotograf aus.«

»Als Pressefotograf?«

»Ja, der Direx von der Brauerei feiert die Geburt seines Sohnes und wir schleichen uns als Presseleute ein.«

»Verstehe.«

Ich fragte ihn: »Hast du eine Kamera?«

»Nur eine alte Minox.«

»Kein Problem. Wenn dich wer fragt, dann sagst du, das sei eine Canon im Retrostyle.«

»Einverstanden. Bis später.«

Ich ließ mir einen Namen für eine Zeitung einfallen – »Boulevard Express«, und fälschte dafür zwei Presseausweise.

Punkt 17 Uhr standen vor dem Firmengebäude der Höllkraut-Brauerei der »Pressefotograf« Erwin Waggenrath und »Gesellschaftsreporter« Stefan Tiefenbach. Lysander war mit seinem Pseudonym gar nicht zufrieden. Er sagte:»Erwin ist ein reichlich profaner Name, findest du nicht?«

Ich antwortete:»Du bist ein normaler Knipser, kein Kunstfotograf. Außerdem spielt das keine Rolle. Komm jetzt.«

Wir betraten die Empfangshalle der Brauerei, an deren Rezeption eine Dame saß, die einen riesigen Schal um den Hals gewunden hatte. Ich wollte sie schon fragen, ob hier arktische Temperaturen herrschten, unterließ es aber. Als sie Lysanders Kamera sah, sagte sie:»Das ist ja eine alte Minox. Funktioniert die noch?«

Lysander antwortete:»Leider nicht mehr.«

Ich ergänzte:»Er meint, im Gehäuse der Minox steckt eine moderne Canon.«

»Also eine Art …«

Ich sagte:»… Retrostyle.«

»Was es nicht alles gibt.«

Ich fuhr fort:»Wir würden sie Ihnen gerne vorführen, aber Direktor Kuppelwieser erwartet uns zum Exklusivinterview. Wo hat er denn sein Büro?«

»Im dritten Stock, hinten links.«

»Danke.«

Wir gingen zum Lift, doch die Dame rief uns hinterher:»Der Aufzug ist außer Betrieb. Sie müssen die Treppe nehmen.«

»Ist in Ordnung«, sagte ich und wir gingen zum Treppenhaus. Beim Hochstapfen betrachtete ich die Dekorationen, die aus alten Bierzelten stammten und zu beiden Seiten der Treppe angebracht waren. Eine Schmuckfassade von 1899 zeigte einen anfahrenden Bierkutscher, auf den feierwillige Leute warteten. Ein anderes Motiv war das berühmte Anstechen des ersten Bierfasses auf dem Oktoberfest von 1911.

Im ersten Stock standen auf dem Gang einige Leute mit Bierkrügen herum, die sich bekannte Bierbrauerwitze erzählten:

»Warum ich Bierbrauer geworden bin?«, fragte einer. »Weil das der einzige Beruf ist, bei dem man die Arbeit gerne mit nach Hause nimmt.«

Dankbares Lachen war die Reaktion. Ein anderer fragte: »Warum darf man Cola und Bier nicht gleichzeitig trinken? – Weil man sonst cola–biert.«

Wieder höfliches Gelächter.

Als wir im zweiten Stock angekommen waren, ging ein beschwipster älterer Mann auf uns zu und meinte: »Ah, die Leute von der Presse. Aber das Eine sag ich Ihnen gleich: Die Bierdimpfl-AG wird die Höllkraut-Brauerei niemals schlucken.«

Ich sagte: »Das habe ich auch nicht behauptet.«

»Aber es stand doch in der Zeitung.«

»Aber nicht in meiner.«

Wir gingen weiter. Lysander flüsterte mir ins Ohr: »Nur schnell durch.«

Ich nickte.

Doch schon richtete ein weiterer Angestellter das Wort an uns: »Wieso haben Sie nicht geschrieben, dass der Abteilungsleiter vom Vertrieb mit der Frau vom Chef was hatte? Das war eine erstklassige Information.«

Ich antwortete: »Wir sind eine seriöse Boulevardzeitung.«

Ich musste innerlich lachen, denn diese Aussage war ein Widerspruch in sich selbst.

Wir stiegen weiter die Treppe hoch und wurden erneut angesprochen. Ein aalglatt aussehender Karrieretyp flüsterte mir zu: »Ich bin einer großen Sache auf der Spur ... Haben Sie Interesse?«

»Natürlich, rufen Sie mich an unter ...« Ich gab ihm die Telefonnummer von »Rosi« aus dem Lied »Skandal im Sperrbezirk« der Spider Murphy Gang. Er notierte sich die Nummer und zwinkerte mir konspirativ zu.

Lysander und ich stiegen weiter die Treppe hoch und kamen schließlich im dritten Stock an. Dort konnte ich Blasmusik spielen hören. Ich wollte Richtung Chefbüro gehen, da liefen wir dem Presseagenten der Brauerei in die Arme. Er sagte freudig zu uns: »Herzlich willkommen im Namen der Geschäftsführung.«

Wir gaben ihm die Hand, da sah er unsere Presseausweise. Überrascht sagte er: »Ich hatte eigentlich die ›Abendzeitung‹ eingeladen.«

Ich meinte: »Sowas spricht sich schnell herum. Aber keine Angst, wir nehmen den Kollegen von der ›AZ‹ schon nichts weg.«

»Na gut«, sagte er, »wenn Sie schon mal hier sind. Wohin soll ich die Pressemitteilung mailen?«

»An info@boulevard-express.de.«

«Seltsam, Ihre Zeitung kenne ich gar nicht.«

»Die ist auch ziemlich neu auf dem Markt.«

Ich fuhr fort: »Wir werden jetzt den stolzen Vater, Direktor Kuppelwieser interviewen ...«

»Aber gerne, nur zu.«

Er wünschte uns noch viel Spaß auf der Party und ging eilig davon. Wir warteten, bis er außer Sichtweite war, dann schlichen wir in Richtung Büro des Direktors. Wir musterten eine Türplakette nach der anderen, bis schließlich am Ende des Gangs auf einem Messingschild stand: »Direktor Josef Kuppelwieser.«

Ich klopfte – keine Reaktion. Ich klopfte erneut – wieder nichts. Wunderbar, murmelte ich. Ich öffnete vorsichtig die Tür und spähte ins Büro, doch Lysander konnte nicht mehr an sich halten. Er stürmte hinein, sah sich etwas um und lief in die linke Ecke, wo ein Gemälde an der Wand hing. Er fasste den Rahmen an beiden Seiten und schmiegte sich an die Leinwand. Glücklich lächelnd sagte er: »Endlich sind wir wieder vereint.«

Ich trat langsam ins Büro und bestaunte zunächst den riesigen Wurzelholzschreibtisch, der aus dem Oval Office des Weißen Hauses hätte stammen können. Dann ging ich über den Perserteppich zu Lysander und sagte: »Das ist also das vermaledeite Bild, das den Bierbrauer Heigermoser zum Alkoholiker gemacht hat.«

Ich sah mir das Bild näher an, konnte aber nichts Teuflisches daran finden. Es zeigte ein paar fröhliche Mönche, die zusammen Bier tranken. Einige waren auf dem Tisch zusammengesunken, andere lagen auf dem Boden und becherten im Liegen weiter. Das war eigentlich ganz gemütlich.

Lysander lächelte glücklich, als hätte er nach langen Jahren einen guten Freund wiedergetroffen.

Ich fragte ihn: »Was willst du ändern?«

»Es fehlt noch ein Novize, der durchs Fenster kriecht und auf dem riesigem Bierfass liegend aus der Schöpfkelle trinkt.«

»Und wie lange wirst du dafür brauchen?«

»Eine Stunde.«

»Gut. Ich geh inzwischen vor zum Fest.«

Ich schlenderte den Gang zurück und folgte dem Lärm, der von der anderen Seite des Gebäudes zu mir drang. Als ich nähertrat, sah ich, dass das Fest zu Ehren des Thronfolgers im Konferenzraum stattfand. Der war festlich geschmückt mit bunten Girlanden und Luftschlangen, die von der Decke hingen. Die Tische waren zu einem Oval zusammengestellt, an deren Außenseite dreißig Leute saßen. Auf den Tischen standen abgegessene Teller und halbleere Bierkrüge und links in der Ecke spielte eine Blaskapelle.

Nachdem die Combo das Lied beendet hatte, stand ein hagerer Mann Mitte Fünfzig auf und begann zu sprechen:

»Ein neues Menschenkind dürfen wir auf der Erde begrüßen: Den kleinen Karli, den erstgeborenen Sohn unseres Chefs.«

Er wandte sich zu einem älteren Mann mit einem weißen Bart, der neben ihm saß. Dann fuhr er fort: »Dem kleinen Karli wünschen wir alles Gute. Ein dreifach Hoch auf Karli!«

Alle im Saal riefen: »Hoch soll er leben!«

Der Festredner sprach weiter: »Und wir gratulieren natürlich dem stolzen Vater – wenn er's denn ist?«

Allgemeines Gelächter setzte ein.

»Natürlich ist er's. Stolze neun Pfund wiegt der Wonneproppen, der kann nur von unserem Sepp sein. Denn der bringt selbst über zwei Zentner auf die Waage.«

Der Redner stemmte seine Hände in seine schlanke Taille. »Es kann also keiner von uns gewesen sein, hahaha.«

Wieder Gelächter.

»Aber zurück zum Karli. Er soll in einem Fass Bier getauft werden. Und natürlich in unserem guten Höllkraut-Bier.«

Er hielt seinen Bierkrug hoch: »Möge er uns als Juniorchef das Saufen während der Arbeitszeit nachsehen. Prost!«

Alle prosten sich zu und nahmen einen kräftigen Schluck aus ihren Bierkrügen.

»Und nun kommen wir zum unterhaltsamen Teil des Festes.«

Er gab der Blaskapelle ein Zeichen, die daraufhin den »Bayerischen Defiliermarsch« spielte.

Brauereichef Kuppelwieser stand auf und rief: »Und jetzt starten wir einen Sturmangriff.«

Er drehte seinen Stuhl um und nahm wieder darauf Platz, als würde er auf ihm reiten. Alle anderen machten es ihm nach. Als er sah, dass sie abfahrbereit waren, gab er das Kommando: »Im Uhrzeigersinn, marsch, marsch!«

Nun begannen die Festgäste, auf ihren Stühlen ums Tischoval herumzuhoppeln. Das war lustig anzusehen. Besonders beeindruckend war jedoch, dass sie den Takt halten konnten. Das machten sie anscheinend nicht zum ersten Mal.

Einige brachen jauchzend aus der Formation aus und »defilierten« in den Nebenraum, kamen aber bald zurück geritten.

Der Kommandant rief nun: »Wechselt die Richtung!«

Sofort drehten alle Reiter um und hüpften wie Karnickel gegen den Uhrzeigersinn im Kreis.

Besonders Übermütige stellten ihre Stühle auf die Tische und ritten dort weiter. Bierkrüge oder Geschirr schienen sie dabei nicht zu stören. Sie mussten der Kavallerie Platz machen und fielen zu beiden Seiten zu Boden.

Nach einer Weile kam der Chef auf mich zugeritten und »defilierte« zur Tür hinaus. Seine Schwadron folgte ihm. Ich fand das zunächst amüsant. Bis ich realisierte, dass der Direktor in Richtung seines Büros hoppelte ... und dort befand sich Lysander!

Die Kavallerie hatte inzwischen das Ende des Gangs erreicht, da hörte ich einen schrillen Schrei und Gelächter. Ich lief sofort zum Büro des Direktors, musste mich aber erst durchs Partyvolk kämpfen. Als ich endlich das Büro erreichte, sah ich Lysander eingerollt in einem Perserteppich in der Ecke stehen. Nur sein Kopf ragte heraus. Ich eilte zu ihm und rief seinen Peinigern zu: »Das könnt ihr nicht machen!«

Da stießen mich einige Bierbrauer zur Seite, sodass ich hart auf dem Boden aufschlug. Sie grölten: »Hört nicht auf die Spaßbremse« und setzten ihren Schabernack fort. Ich saß auf dem Boden und rieb mir den brummenden Kopf, zu mehr war ich nicht in der Lage.

Eine Sekretärin der Höllkraut-Brauerei hatte inzwischen eine Gießkanne geholt und begann Lysanders Kopf zu gießen. Der schrie: »Ich bin kein Ficus benjamina!«

Sie gluckste: »Du siehst aber ganz danach aus, hahaha.«

Eine andere Angestellte rief: »Los, wir machen eine Fotokopie von unserer Zimmerpalme.«

Einige Männer nahmen darauf den Teppich mit Lysander und trugen ihn waagrecht zum Kopierer, der in der Ecke stand. Sie öffneten die Klappe und legten seinen Kopf auf die Glasplatte, dann sah man schon den Fotoblitz aufzucken.

Er schrie: »So haltet ein!«

Sie hörten nicht auf ihn und zeigten stolz die Fotokopien von Lysanders zerknautschtem Gesicht herum. Einer kicherte: »Eindeutig eine Palme.«

Die anderen stimmten ihm zu.

Lysander rief: »Das ist gar nicht lustig.«

»Finden wir aber schon«, glucksten sie.

Brauereichef Kuppelwieser hatte inzwischen Lysanders Palette und Pinsel entdeckt und plärrte: »Los, malt den Schmierfink an!«

Sie legten ihn auf den Schreibtisch und begannen sein Gesicht zu bemalen. Lysander kreischte hysterisch: »Ich protestiere! Ich protestiere aufs Schärfste!«

Doch das schien sie nicht zu bekümmern. Sie malten ihm erst einen violetten Schnauzbart, dann einen grünen Vollbart, dazu rote Lippen und Pausbacken. In seine Haare schmierten sie verschiedene Farben und flochten seitlich zwei Zöpfe. Obwohl ich noch benommen war, musste ich unwillkürlich lachen. Denn Lysander sah aus wie Räuber Hotzenplotz als überschminkte Tunte.

Ein Mädchen meinte: »Wir könnten ihn als Pinsel benutzen, so viel Farbe wie jetzt auf seinem Gesicht ist.«

»Au fein«, riefen alle, das machen wir.

Sie befestigen ein DIN-A4-Blatt an einer Pinnwand. Dann hielten sie Lysander senkrecht wie einen überdimensionalen Pinsel und führten seinen Kopf übers Blatt.

Lysander fragte gereizt: »Ist das jetzt lustig? Ha?«

Sie antworteten lachend: »Natürlich ist das lustig!«

Das Mädchen sagte: »Unser Pinsel hat zu wenig Farbe.«

Ein anderer antwortete: »Dem können wir abhelfen.«

Sie nahmen Farbtuben und drückten sie auf Lysanders Kopf aus. Dann bestrichen sie die Leinwand mit seinem Gesicht von links nach rechts, vertikal und im Kreis herum.

Lysander rief: »Ich mag keinen Kandinsky!«

»Wir aber schon«, entgegneten sich und lachten sich kringelig.

Ich hatte mich mittlerweile aufgerappelt und sagte: »Hey Leute, lasst doch den armen Kerl in Frieden!«

Doch die Jungs liefen mit dem lebensgroßen Pinsel auf den Gang hinaus. Dort legten sie ihn auf einen Servierwagen und schoben das seltsame Gefährt zum Konferenzraum. Als sie den Festsaal erreicht hatten, lenkten die Jungs den Servierwagen ums Tischoval herum und machten »brrrummm, brrrummm«, als würden sie mit einem Auto fahren. Nach einigen Runden wurden sie immer schneller, bis sie schließlich das Vehikel in einer Kurve umwarfen, sodass Lysander in seinem Teppich seitlich wegrollte. Er überrollte dabei einige Luftballons, die dann der Reihe nach mit einem lauten Knall platzten. Nun kam ein weißer Zwergspitz angelaufen und leckte Lysanders Gesicht ab. Der machte »bäh, bäh«, spuckte aus und rief mir zu: »Jimmy, hilf mir.«

Ich eilte zu Lysander und rollte ihn aus dem Teppich. Dann half ich ihm auf und wir verließen den Saal. Er wollte noch seine Malutensilien holen, doch ich sagte: »Nichts wie weg. Nicht, dass sie es sich anders überlegen.«

Als wir das Brauereigebäude verließen, sagte ich zu ihm: »Hast du jetzt genug von dem Scheiß?«

Er jedoch strahlte bis über beide Ohren. Er sagte: »Verstehst du nicht? Wenn seit Monaten etwas juckt und du kannst nicht kratzen? Und plötzlich ist der Juckreiz weg!«

Ich versuchte ihn erst gar nicht zu verstehen. Ich war schließlich kein Künstler.

Wir gingen die Straße entlang, als ein paar Jungs in einem Cabrio an uns vorbeifuhren: »Seht euch die verliebten Tunten an!«, gluckten sie.

»Küss mich, Julio! Drück mich Romeo!«, spotteten sie.

Ich winkte ab und sagte zu Lysander: »Hör nicht auf diese Dummköpfe.«

Doch der brauchte meinen Zuspruch nicht. Er grinste selig vor sich hin, als wäre er bekifft.

Wir spazierten weiter und trafen am Wegrand auf zwei junge Frauen, die laut kicherten. Die eine fragte: »Wie siehst du denn aus?«

Ihre Frage war durchaus berechtigt. Lysander hätte mit seinem bunten Bart, den blauen Flecken und den bunt gefärbten, zerzausten Haaren locker als Perchtengestalt in einem Fastnachtsumzug mitwirken können. Und wahrscheinlich hätte er den ersten Preis für die beste Maske bekommen. Ich murmelte was von einem Maskenball und wir marschierten weiter.

Als sich uns ein Taxi näherte, winkte ich lebhaft mit der rechten Hand. Doch als der Taxifahrer Lysander sah, gab er Gas und brauste an uns vorbei.

»Feigling!«, rief ihm Lysander hinterher.

Nachdem die nächsten Taxifahrer genauso reagiert hatten, sagte ich zu Lysander: »So wird das nichts. Du siehst wirklich zum Fürchten aus.«

Ich wischte mit einem Tempotaschentuch die gröbste Farbe aus seinem Gesicht und fragte ihn, ob er eine Mütze bei sich habe.

»Mütze nicht«, antwortete er, »aber ein Stofftaschentuch.«

»Das tut's auch«, sagte ich. Ich machte in den vier Ecken jeweils einen Knoten und bedecke mit dem Stofftuch seine Haare. Lysander sah jetzt immer noch wie ein Clown mit verwischter Schminke aus, aber nicht mehr so martialisch. So fanden wir schließlich einen furchtlosen Taxler, der bereit war, uns zu befördern. Auf seinen verwunderten Blick sagte ich: »Wir waren auf einem Kostümball, der etwas aus den Fugen geraten ist.«

»Schade, dass ich nicht dabei war«, bemerkte er.

»Stimmt«, sagte ich, »da haben Sie was versäumt.«

KAPITEL 5

Am nächsten Vormittag fuhr ich nach Neuperlach zum Haus der Familie Siepmann. Das entpuppte sich als eine stattliche Villa auf einem großen Grundstück. Ich wunderte mich, dass der stolze Villenbesitzer ein billiges Gemälde eines unbekannten Malers gekauft hatte, aber über Geschmack lässt sich bekanntlich nicht streiten.

An der Rückseite des Hauses war gerade ein Mann mit einem Laubbläser beschäftigt, Blätter von einer Hecke zu entfernen. Das könnte eine gute Gelegenheit sein, Informationen zu bekommen, kam mir in den Sinn. So ging ich zu ihm und grüßte ihn von hinten, doch er hörte mich nicht. Ich schrie lauter und lauter – keine Reaktion. Nun gut, sagte ich mir, dann muss ich schwerere Geschütze auffahren. Ich hob einen Kieselstein vom Boden auf und warf ihn gegen seinen Hinterkopf, doch er kratzte sich nur, als wollte er eine Fliege verscheuchen. Ich hob darauf einen größeren Stein auf und wollte ihn schon werfen – ließ es aber sein. Was nützt er mir, dachte ich, wenn er bewusstlos auf dem Boden liegt.

Ich ging also zu ihm und tippte ihm auf die Schulter und endlich nahm er von mir Notiz.

Ich sagte zu ihm: »Verzeihen Sie die Störung, ich suche einen Gärtner. Hätten Sie während der Sommerferien Zeit.«

Er antwortete: »Tut mir leid. Gerade während der Ferien bin ich ausgebucht.«

Ich deutete zum Haus: »Stört die Siepmanns der Lärm nicht?«

»Nein, die fahren heute weg nach Südfrankreich.«

»Vielen Dank für die Auskunft.«

Der Gärtner sagte noch: »Wenn Sie mir Ihre Telefonnummer hinterlassen, rufe ich Sie an, wenn ich wieder Zeit habe.«

»Nein Danke, ist nicht so wichtig.«

Ich ging zur Frontseite, zoomte mit meinem Handy das Türschloss heran und machte davon ein Foto. Dieses vergrößerte ich auf dem Handybildschirm erneut und so konnte ich es genau erkennen: Es war ein gewöhnliches Zylinderschloss, also kein Problem für einen Profi wie mich.

Auf dem Weg zur U-Bahn rief ich Lysander an und informierte ihn über unsere nächtliche »Wohnungsbesichtigung«.

Ich fragte ihn: »Wie weit ist Marisa mit der Aktzeichnung?«

Er antwortete: »Sie macht sie heute Abend fertig und bringt sie bei mir vorbei. Übrigens: Sie schwimmt jetzt im Geld. Sie verkauft jedes ihrer Bilder für 10.000 Euro! Die Kunsthändler rennen ihr die Tür ein.«

»Siehst du«, sagte ich, »endlich hat der Kunstmarkt ihren wahren Wert entdeckt.«

Um 23 Uhr traf ich mich mit Lysander an der U-Bahnstation Neuperlach Süd. Ziel unserer Unternehmung war die Villa Siepmann. Lysander war unterwegs ganz aufgeregt.

Er sagte: »Das ist das erste Mal, dass ich einbrechen gehe. Das ist ja so aufregend.«

Ich meinte: »Das wird bald verfliegen, wenn du's öfter machst.«

Als wir am Anwesen angekommen waren, kletterten wir über den Gartenzaun und gingen zur Haustür. Ich machte mich gerade am Zylinderschloss zu schaffen, da strich der Scheinwerferkegel eines Autos die Straße entlang.

»Los«, sagte ich, »wir verstecken uns hinter dem Busch.«

Wir liefern zu einem Strauch, der an der Hausecke stand und verbargen uns dahinter. Dann strahlte der Scheinwerfer das Gehölz auch schon an, was mich schmunzeln ließ. Denn der Strauch war zugeschnitten wie die Büste Ludwig van Beethovens. Ich musste an seine »Mondscheinsonate« denken, die passende Begleitmusik für Einbrecher.

Nachdem der Störenfried vorbeigefahren war, schlichen wir zurück zur Haustür und ich öffnete das Türschloss. Lysander fragte ängstlich:»Haben die keine Alarmanlage?«

»Nein, sonst würde sie schon längst schrillen«, antwortete ich.

Wir schalteten unsere Taschenlampen ein und gingen ins Haus. Der Hausflur war sehr nobel gestaltet mit einem Buchara auf dem Boden und einem kleinen Kronleuchter, der von der Decke hing.

»Der Teppich ist mindestens 15.000 Euro wert«, sagte ich, doch Lysander wehrte ab:»Deshalb sind wir nicht hier.«

»Du hast recht, eine alte Gewohnheit. Wo hängt das Gemälde?«

»Vermutlich im Arbeitszimmer des Hausherren.«

Wir stiegen eine geschwungene Treppe aus Mahagoni hoch, auf deren mittlerem Absatz ein silberner Kandelaber stand. Auch der war ein Vermögen wert, aber ich konnte mich beherrschen.

Als wir ins Arbeitszimmer traten, eilte Lysander zur Wand gegenüber dem Schreibtisch und sagte zu einem Gemälde: »Endlich sehe ich dich wieder.«

Er fasste das Bild mit beiden Händen und schmiegte seine rechte Wange an die Leinwand.

Ich spöttelte:»Warum hast du das Gemälde nicht geheiratet?«

Er antwortete:»Das kann nur ein Maler verstehen.«

Ich winkte ab und fragte:»Was willst du ändern?«

Lysander erläuterte: »Das Bild zeigt Platons Akademie bei Athen; im Erdgeschoss lernen seine Schüler – soweit so gut. Aber im ersten Stock veranstaltet der Philosoph mit seinen Kollegen Aristoteles und Sokrates eine zügellose Orgie. Das reinste Sodom und Gomorrha!«

Ich sagte: »Das gefällt mir, schön respektlos.«

Lysander packte seine Malutensilien aus und machte sich am Bild zu schaffen. Ich sah mich währenddessen etwas in der Villa um. Im Wohnzimmer entdeckte ich auf einer Kommode ein wunderschönes Grammofon. Der Korpus war achteckig und der Schalltrichter mit kunstvollen Ornamenten verziert. Daneben standen in einem Schallplattenständer mehrere Schellackplatten. Ich nahm eine nach der anderen heraus und las die Titel. Eine hieß »Lili Marleen« gesungen von Lale Andersen. Eine andere »Ich bin von Kopf bis Fuß auf Liebe eingestellt« von Marlene Dietrich. Ein Lied, das ich noch nicht kannte, hieß »Das Nachtgespenst«, gesungen von Kurt Gerron, aus dem Jahr 1929. Der Titel machte mich neugierig, denn ich vermutete einen witzigen Bezug zu meiner Situation als Einbrecher. Doch ich traute mich nicht, das Lied zu spielen – das krachende Grammofon wäre viel zu laut gewesen und hätte sicher die Nachbarn alarmiert. So schaute ich mich neugierig im Salon um und entdeckte auf der anderen Seite ein kostbares Sofa mit geschwungenen Lehnen und verzierten Polstern. Ich trat näher und als ich es als Ganzes sah, entfuhr mir ein Pfiff. Denn vor mir stand ein Louis Seize-Sofa aus dem 18. Jahrhundert. Auf so ein Sofa wollte ich mich immer schon mal setzen, dachte ich mir und nahm darauf Platz. Ich lehnte mich lässig nach hinten und überschränkte die Beine, ganz wie es ein Barockgalan in einem noblen Salon getan hätte. Dann sprach ich ein paar französische Worte:

»Madame de Rochechouart, vous ne voulez pas vous asseoir?"

«Avec plaisir, Monsieur Krohnstadt.«

Plötzlich schoss mir ein Gedanke durch den Kopf: So edel wie dieses Sofa gearbeitet war, könnte es vielleicht sogar im Schloss von Versailles gestanden haben? Und vielleicht waren sogar Ludwig der 16. und Marie Antoinette darauf gesessen? Ein wahrhaft königliches Gefühl durchfloss mich daraufhin ... Bis ich an den 14. Juli 1789 denken musste und den Sturm auf die Bastille – eilig stand ich auf und entfernte mich davon; es hatte beiden kein Glück gebracht.

Ich verließ das Wohnzimmer und ging in den Keller, wo ich Hunderte Weinflaschen entdeckte. Auch ein Weinklimaschrank stand in einer Ecke. Ich öffnete die Tür und machte große Augen wie ein Kind bei der Bescherung am Heiligen Abend. Denn kostbarste Etiketten glänzten und funkelten im Licht der Taschenlampe. Da war ein »Dom Pérignon Vintage Rosé Gold Imperial«, Jahrgang 1959 und ein »Veuve Clicquot Brut Rosé« aus dem Jahr 1928. Ich schwenkte die Taschenlampe weiter und entdeckte einen »Château Lafite Rothschild« von 1922. Junge, Junge, dachte ich, das lässt das Herz eines Sommeliers höherschlagen. Besonders ins Auge fiel mir aber eine weiße Flasche, deren Etikett mit Blattgold verziert war. Es war ein »Fürst von Metternich Chardonnay Sekt« als Jubiläumsjahrgang. Mir lief förmlich das Wasser im Mund zusammen – verzichtete aber darauf, ihn zu kosten. Schließlich hatte ich dem Haus nicht deshalb einen Besuch abgestattet. Also ging ich wieder nach oben.

Als ich gerade auf dem Buchara entlangschritt, hörte ich, wie jemand am Türschloss der Haustür herumfummelte. Das kann doch gar nicht sein, schoss es mir durch den Kopf. Waren das etwa die Hausherren? Vielleicht hatten sie eine Autopanne und waren umgekehrt?

Ich versteckte mich hinter einem Vorhang und harrte der Dinge, die da kommen würden. Wie ich hören konnte, wurde der Schlüssel immer wieder reingesteckt und herausgezogen. So ungeschickt kann sich keiner mit einem regulären Schlüssel verhalten, dachte ich mir, also müssen das Einbrecher sein! Verdammt! Ausgerechnet heute Nacht müssen sie zuschlagen.

Nach einigen Minuten hatten sie das Schloss endlich geknackt und traten ein. Sie sangen und pfiffen dabei, als würden Pfadfinder einen Ausflug machen. Wie ich vor Vorhang aus sehen konnte, waren es zwei Gestalten: Ein großer Schlanker, und ein kleiner Dicker.

Der Dicke sagte: »Schade, dass Axel nicht dabei sein kann.«

»Ja«, antwortete der Schlanke, »da versäumt er was.«

Schlagartig kam mir in den Sinn, dass ich Lysander warnen musste. Denn das Letzte was wir gebrauchen konnten, waren Zeugen unserer nächtlichen Aktion.

Da sagte der Dicke: »Hey Paule, hol mal eine Flasche Sekt.«

»Wo is'n eine«, fragte der zurück.

»Na, wo schon. Im Weinkeller.«

»Und wo ist die Treppe?«

Der Dicke wurde jetzt ärgerlich. Er murmelte: »Alles muss man selbst machen« und ging Richtung Keller. Ich dachte, das ist meine Chance und spurtete die Treppe hoch.

Da meinte Paule: »Hast du das gehört? Hier muss es einen Hund geben.«

»Idiot!«, antwortete der Dicke. »Der hätte doch längst gebellt.«

69

»Vielleicht traut er sich nicht?«

»Mensch, Paule. Jetzt bist du einundvierzig Jahre und immer noch einfältig wie ein Kind.«

Ich war inzwischen bei Lysander angelangt und teilte ihm mit, dass wir Gesellschaft bekommen hatten. Der war darüber gar nicht erfreut.

Er sagte:»Heute ist man nirgends mehr sicher. Nicht einmal in einem fremden Haus ...«

Ich scherzte:»Ja, Zeiten sind das ...«

Lysander fragte:»Was machen wir jetzt?«

»Ganz einfach«, antwortete ich,»wir werden sie vertreiben.«

»Soll ich bellen?«

»Keine schlechte Idee. Aber das wäre zu laut. Nein, das muss anders gehen.«

Ich schlich zur Treppe und spähte nach unten. Und was ich da sah, gefiel mir gar nicht: Der Dicke hatte mittlerweile den »Fürst von Metternich Sekt«, den ich anscheinend außerhalb des Weinklimaschranks hatte stehen gelassen, aus dem Weinkeller geholt und entkorkt. Und Paule hatte aus der Küche gewöhnliche Wassergläser geholt und prostete seinem Kumpanen zu:

»Zum Wohl, Euer Gnaden.«

»Prost, Euer Hochwohlgeboren.«

Dann schütteten sie den Sekt hinunter wie Limonade. Auch das nächste Glas tranken sie ex.

Tja, dachte ich, so wird ein kostbarer Tropfen an Banausen verschwendet ... und ich kann nichts dagegen tun.

Der Dicke, der auf den Namen Hotte hörte, sagte:»Das ging ja glatt. Wenn ich an mein Debüt als Einbrecher denke ... Ich hatte in Wien debütiert. Allerdings war das ein Desaster. Es gab nachher nur einen Vorhang – und der war aus Eisen.«

Paule lachte herzhaft und meinte:»Das kann uns heute nicht passieren.«

Er hantierte mit seinem Handy und ließ Applaus erklingen. Beide verbeugten sich sodann vor einem imaginären Publikum und grüßten die begeisterten»Zuschauer«.

Hotte schenkte nochmal ein und sagte:»Prost, Eure Spendierfreudigkeit!«

»Danke, Eure Großartigkeit!«

Wie es schien, waren beide mit einem kindlichen Gemüt ausgestattet, das sie für gefährliche Situationen unempfindlich machte. Denn für beide war das alles nur ein harmloser Spaß.

Paule stellte nun sein Glas weg und ging in den Salon. Kurz darauf hörte ich den krachenden Klang eines Grammofons. Es spielte:»Ich bin dein Nachtgespenst.«

Jetzt bekomm ich das Stück von Kurt Gerron doch noch zu hören, dachte ich. Da kam Paule mit einer weißen Tischdecke über dem Kopf aus dem Salon und sagte:»Buh, ich bin das Nachtgespenst.«

Hotte zischte ihm zu:»Leise! Nicht, dass uns die Nachbarn hören.«

Paule eilte daraufhin ins Wohnzimmer und stellt das Grammofon ab. Nach einer Weile kam er mit einigen Silbertellern in den Flur zurück. Hotte öffnete den Jutesack, den sie mitgebracht hatten und Paule ließ sie hineingleiten. Dann führten beide eine Art»Diebstahlstanz« auf. Sie tänzelten herum, zwei Schritte vor, einen zurück, dann hakten sie ein und drehten sich im Kreis.

Paule machte eine ausladende Geste Richtung Küche und sagte:»Nach Ihnen, Eure Erhabenheit.”

»Vielen Dank, Eure Magnifizenz.«

Beide verschwanden darauf in der Küche und kamen kurz darauf mit Silberbesteck und kostbaren Pokalen zurück.

Ich flüsterte zu Lysander, der sich inzwischen zu mir gesellt hatte:»Verdammt, die räumen das Haus aus.«

»Das kann uns doch egal sein.«

»Nein, ich fühle mich verantwortlich. Schließlich haben wir das Vorrecht, wir sind zuerst eingebrochen.«

Lysander zeigte mir einen Vogel.

Ich wisperte:»Das kann nur ein professioneller Dieb verstehen.«

Insgeheim freute ich mich, dass nun Lysander etwas nicht verstand. Dieser überlegte und sagte:»Wenn die beiden hier sind, kann ich nicht malen. Also müssen wir sie loswerden.«

Ich stimmte ihm zu und hatte auch gleich einen Einfall. Ich wartete, bis beide Einbrecher wieder aus dem Flur verschwunden waren und schlich nach unten. Dort tauschte ich das Diebesgut gegen mehrere Exemplare der Süddeutschen Zeitung aus, die neben der Garderobe gestapelt lagen; die Wertsachen versteckte ich hinter einem Vorhang. Anschließend rief ich mit meinem Handy das schnurlose Telefon der Siepmanns an, drückte auf Empfang und stellte es auf volle Lautstärke.

Nachdem ich wieder die Treppe hochgehuscht war, sprach ich laut hörbar in mein Handy:»Hey, Paule, hier spricht Axel. Ich möchte dich warnen, die Polente weiß Bescheid.«

Paule kam aus einem Zimmer gelaufen und sprach ins schnurlose Telefon:»Axel? Bist du das?«

»Ja.«

»Bist du etwa aus dem Gefängnis ausgebrochen?«

»Nein, ich habe einen Tipp bekommen. Verlasst sofort das Haus. Die Polizei rückt an.«

Dann legte ich auf.

Paule sagte zu Hotte, der mittlerweile in den Flur gelaufen war: »Los, verschwinden wir von hier. Axel sagt, die Bullen kommen.«

Hotte schluckte die Falschmeldung und Paule beendete das Telefonat. Dann banden sie mit einem Strick den Sack zu und schleppten ihn zur Haustür.

Paule meinte: »Welch ein Glück, dass Axel uns gewarnt hat.«

»Ja«, sagte Hotte voller Stolz, »Fortuna ist eine Frau und ich bin ein toller Liebhaber!«

Mit einem Sack alter Zeitungen verließen sie das Haus.

Lysander sagte lachend: »Die werden Augen machen, wenn sie den Sack öffnen und merken, dass sie nur Altpapier erbeutet haben.«

Ich meinte: »Unterschätz das Diebesgut nicht: Die Süddeutsche Zeitung ist immer einen Einbruch wert ...«

Wir lachten beide auf.

Lysander machte sich daraufhin wieder an seinem Gemälde zu schaffen und ich holte die Wertsachen hinter dem Vorhang hervor. Da ich nicht wusste, wohin sie gehörten, legte ich sie einfach auf die Kommode. Dann schrieb ich einen Spruch auf einen Zettel und steckte diesen in einen Pokal. Die Botschaft lautete: »Die Kobolde waren hier zum Spielen.«

Um 2 Uhr früh zogen wir ab. Lysander machte wieder ein glückliches Gesicht und sagte: »Ich fühle mich wie befreit.«

Ich meinte: »Ich hoffe, das war's für dieses Bild.«

Lysander sagte: »Ach ja, Marisa hat die Aktzeichnung fertiggestellt. Wenn du willst, kannst du sie gleich holen.«

Ich bejahte und so fuhren wir mit dem Taxi zu Lysanders Wohnung in der Maxvorstadt.

Lysanders »heilige Gefilde«, wie er seine Behausung nannte, war das genaue Gegenteil seines Ateliers: spießigstes Biedermeier! Überall standen Plüschmöbel und altmodische Einrichtungsgegenstände herum.

Er schenkte uns beiden ein Bier ein und ließ sich in einen Sessel fallen: »Endlich erlöst. Ich werde heute schlafen wie ein Murmeltier.«

»Schön für dich«, sagte ich.

Ich nahm einen Schluck und fragte ihn: »Wie wurdest du eigentlich Maler? Gab's da ein Erweckungserlebnis?«

»Nicht direkt. Ich hab als Schüler meine Lehrer karikiert, auf meinem Federmäppchen. Das ist mir so gut gelungen, dass sich alle Mitschüler darum gerissen haben. Und bei den Abschlusszeitungen der Abschlussjahrgänge wurde ich immer gebeten, alle Schulabgänger zu zeichnen und natürlich die Lehrer. So fing das an.«

Ich fragte ihn: »Und warum wurdest du dann kein Karikaturist?«

»Die Abschlussfahrt ist schuld.«

»Bitte?«

»Unsere Klasse ist nach Paris gereist und unser Klassenlehrer musste uns unbedingt in den Louvre schleifen – damit war's um mich geschehen.«

»Du schilderst das so, als wäre das ein Unglück gewesen?«

»War es auch. Ich war vorher ein ganz normaler junger Mann, und jetzt bin ich ein Kunst-Junkie.«

»Apropos Junkie, warum sicherst du dir kein Zugangsrecht zu deinen Bildern?«

Er antwortete: »Weil sich die Käufer darauf nicht einlassen, dazu bin zu unbekannt. Zugangsrecht erhalten nur die Stars der Kunstszene, und die Käufer machen aus so einer Übermalaktion ein großes Event. Sie veranstalten regelrecht Soireen, auf der der große Maler ›Dingsbums‹ das Gemälde ›Ich-weiß-nicht-was‹ in eine neue Dimension überführen wird.«

Ich musste lachen.

Lysander fuhr fort: »Alle anderen, die keinen Starstatus haben, müssen sich einschleichen oder einbrechen.«

»Tja«, sagte ich, »das ist Pech.«

Er nahm einen Schluck und fragte mich: »Und wie war das bei dir? Sind deine Eltern Einbrecher?«

»Gott bewahre, nein! Mein Vater ist Buchhalter, meine Mutter Hausfrau.«

Er sah mich fragend an und ich erzählte weiter: »Schuld daran ist meine Jugendliebe.«

»Wie das denn?«

»Nun damals, als ich ihr Avancen gemacht habe, sagte sie schelmisch: ›Wenn du mich erobern willst, musst du dieses Schloss knacken‹.«

Und sie gab mir ein riesiges Vorhängeschloss.

Lysander sagte: »So eine Art Keuschheitsgürtel?«

»Ja, im übertragenen Sinne. – Mann, ich habe Wochen gebraucht, habe mir Bücher besorgt und schließlich habe ich bei einem Schlüsseldienst angefangen. Dann endlich ist es mir gelungen.«

»Und? Hat sie dich erhört?«

»Natürlich nicht, das war nur Spaß. Ihr Herz aufgeschlossen habe ich dann mit Liebesgedichten, die ich auswendig gelernt hatte.«

Lysander sagte: »Das hättest du einfacher haben können.«

»Hinterher ist man immer schlauer. – Ich habe aber Geschmack daran gefunden, Schlösser zu knacken.«

»Aber vom Schlüsseldienst zum Einbrecher?«

»Ist es nicht weit. Mein neuer Nachbar hatte sich ausgesperrt, und ich habe ihm ausgeholfen. Zum Dank hat er mir eine Flasche Jim Beam geschenkt. Irgendwie musste sich das in der Nachbarschaft herumgesprochen haben, so wurde ich von Nachbarsjungen zu einer Spritztour eingeladen. Wir haben uns betrunken und kamen irgendwann zu einer leerstehenden Villa. Und einer hatte die Schnapsidee, wir könnten doch dort feiern. Tja, ich zückte meinen Dietrich und schon waren wir drin ... und ich war der King! So fing das an. Meine Fähigkeiten wurden immer öfter nachgefragt und der Lohn wurde immer höher. Bis ich schließlich davon leben konnte.«

Lysander sagte: »So kommt eins zum anderen.«

Wir stießen an und tranken einen Schluck.

Plötzlich riss Lysander die Augen auf und sprang aus dem Sessel. Er lief an mir vorbei zur Wand und prüfte mit dem Zeigefinger die Leinwand eines Gemäldes. Er sagte überrascht: »Das Bild ist feucht!«

»Ja, und?«

»Das darf doch nicht wahr sein! Jemand hat am Bild herumgeschmiert.«

»Das wirst du schon selbst gewesen sein.«

»Eben nicht!«

»Soll das heißen«, sagte ich, »dass jemand dein Bild übermalt hat?«

Er nickte und begann zu schimpfen: »Eine Sauerei ist das!«

Ich musste lachen.

»Was für eine Barbarei!«

Ich lachte noch lauter.

Lysander polterte: »Diesen Schmierfink zeig ich an. Ich mach ihn fertig ...«

Ich stand auf und sagte glucksend: »Jetzt bist du selbst Opfer eines ›Übermalers‹ geworden.«

»Ja, aber wie kam er nur in meine Wohnung?«

»Vielleicht hat er auch einen Passepartout?«

Lysander ging nicht darauf ein. Er zeigte aufs Bild und lamentierte: »Die Ehefrau wirft jetzt die Kleider ihres flüchtenden Liebhabers aus dem Fenster.«

»Ist das so schlimm?«

»Ja, weil dadurch die Bildkomposition gestört wird. Außerdem verdecken die Kleider die schönen Rosen des Blumenbeets.«

»Aber das ist doch witzig: Durch die fliegenden Kleider ahnt der Betrachter, dass das Liebespaar vom Ehemann überrascht wurde.«

»Mir ist nicht zum Lachen zumute.«

Auf einmal schoss mir ein Gedanke durch den Kopf: »Hey, das ist doch großartig!«

»Was?«

»Verstehst du nicht? Der ist genauso verrückt wie du! Der kann es auch nicht ertragen, wenn ein Bild von ihm unfertig ist.«

»Er ist eine sie.«

»Bitte?«

»Die Malerin heißt Jasmin Waldeck. Sie hat es mir zum Geburtstag geschenkt.«

Ich fuhr fort: »Die ist genau so irre wie du. Ist das nicht herrlich?«

Langsam reifte in ihm die Einsicht: »Du hast ja recht! Aber natürlich! Sie hört auch unvollendete Kadenzen!«

»Und liegt in einem Bett voller Juckpulver.«

Er gluckste: »Das darf doch nicht wahr sein. Ich habe eine Wahlverwandte! Und ich dachte immer, ich sei der einzige Irre.«

Sein Gesicht strahlte und er sagte begeistert: »Es werden herrliche Zeiten anbrechen: Ich übermale meine Bilder bei ihr und sie ihre bei mir. Und wir werden so tun, als würden wir gegenseitig bei uns einbrechen.«

Ich zeigte ihm einen Vogel.

Dann sagte ich: »Du solltest sie besuchen.«

»Ja, wenn Krachtveitel sein nächstes Happening veranstaltet.«

»Wer bitte ist Krachtveitel?«

»Das ist ein Action-Painter.«

»Und was ist ein Action-Painter?«, wollte ich wissen.

»Jemand, der Farben auf die Leinwand schüttet.«

»Und was macht dann Jasmin bei ihm?«

»Er hat sie eingestellt, damit sie ihn bei Porträts unterstützt.«

»Verstehe.«

Lysander ging zu einer Kommode und holte aus einer Schublade Marisas Aktzeichnung hervor. Wieder war Alina schön wie eine Liebesgöttin gezeichnet – nur dieses Mal auf der Seite liegend.

KAPITEL 6

Am Freitagabend empfing ich wieder Alina in Lysanders Atelier. Dieses Mal unterließ ich es, mich als Malerfürst zu gerieren. Das hatte ich gottlob nicht mehr nötig.

Alina trug ein Kostüm, das aussah wie ein Dirndl; nur hatte es ein weißes Halstuch und eine weiße Schürze.

Danach befragt, antwortete sie: »Das ist das Kostüm meiner Urgroßmutter. Sie hat sich von Modigliani als provenzalische Bäuerin malen lassen.«

Ich sagte: »Du bist die hübscheste provenzalische Bäuerin, die ich jemals gesehen habe.«

»Wie viele hast du denn gesehen?«

»Unzählige«, antwortete ich und wir lachten beide über meine Schwindelei.

Anschließend geleitete ich sie ins Atelier und kredenzte ihr Sekt. Nachdem wir einen Schluck getrunken hatten, zog ich sie auf meinen Schoß.

Sie sagte: »Dann ziehe ich mich mal aus.«

»Nein«, wandte ich ein, »das übernehme ich heute. Schließlich ist das Entkleiden eines hübschen Modells wie das Auspacken eines Geschenks. Und das sollte man genießen.«

Ich löste den Knoten des Halstuchs und zog es herunter. Dann öffnete ich langsam die Knöpfe der Bluse ... Als alle Knöpfe offen waren, schob ich meine rechte Hand unter das Mieder. Alina stöhnte lustvoll auf.

Ich sagte: »Dein Kostüm erinnert mich an ein Schäfergedicht. Willst du's hören?«

»Wenn's schön ist.«

Also begann ich zu rezitieren:

Ein Haar, das gülden umspielt das Gesicht.

Ein Mund, der Rosen führt und Perlen in sich heget.

Zwei Wangen, wo die Pracht der Flora sich beweget.

Zwei Brüste, wo Rubin durch Alabaster bricht.

Alina kicherte:»Das ist ganz schön antiquiert, aber süß.«

Ich fuhr fort:

Ein Zierrat, wie es scheint, im Paradies gemacht,

hat mich um meinen Witz und meine Freiheit 'bracht.

»Und?«, fragte sie.

»Das war's, mehr weiß ich nicht.«

Ich war inzwischen am Mieder angelangt und löste die Schleifen ... und als beide Hälften auseinanderfielen und ihre Brüste nach unten wippten, war ich wie verzaubert. Instinktiv streichelte ich ihr Zwillingsgebirge und sie stöhnte auf und küsste mich. Immer fester pressten wir unsere Lippen aufeinander und immer leidenschaftlicher küssten wir uns. Dann löste ich Schürze, Rock und schließlich stand sie nackt vor mir. Dieses Mal lief sie nicht weg und ich umarmte und küsste sie ... Anschließend eilten wir zum Diwan und genossen die Wonnen der Liebe ...

Als wir wieder zu uns kamen, fragte sie mich:»Was ist mit dem Akt?«

Ich sagte schelmisch:»Du meinst Liebesakt?«

»Nein, die Aktzeichnung?«

»Die ist fertig.«

»Wie? Was? Ich bin dir doch gar nicht Modell gesessen.«

Ich antwortete:»Das war auch nicht nötig. Ich habe den Akt gemacht, als du nicht da warst. Weißt du, ich musste immer an dich denken. Und um nicht zu verzweifeln, hab ich dich einfach aus dem Gedächtnis gezeichnet.«

Alina wollte schon protestieren. Doch als sie vor der Staffelei stand, rief sie:»Bin ich schön gezeichnet!«

Nach einer Weile kam sie angeschlendert mit ihrem Katzengang und flötete:»Jimmy, darf ich mich nochmal bedanken für die schöne Zeichnung?«

»Aber gerne ...«

KAPITEL 7

Am Samstagabend fuhren Lysander und ich nach Milberts-hofen zum Atelier des Kunstprofessors Hilbur Krachtveitel. Dort sollte ein Happening stattfinden, das der Professor mar-tialisch als »Kampf gegen die Bestie« angekündigt hatte. Der eigentliche Grund unseres Besuchs war jedoch Jasmin Wal-deck, die Lysander wegen ihrer Übermalaktion zur Rede stel-len wollte.

Als wir am Eingang zehn Euro Eintritt bezahlen mussten, flüsterte mir Lysander zu: »Eigentlich sollten sie was zahlen, nämlich Schmerzensgeld.«

Die Kassiererin, die seine Bemerkung gehört hatte, verdreh-te die Augen.

Das Atelier entpuppte sich als ehemaliger Lokschuppen, in dem vor langer Zeit Dampflokomotiven der Reichsbahn repa-riert wurden. Kurioserweise war seit dieser Zeit nichts verän-dert worden. An den Wänden waren Mörtelstücke abgesplit-tert und verrostete Eisengestänge hingen von der Decke her-ab. In einer Ecke stand ein Baucontainer, den der Professor als Büro nutzte.

Lysander sagte süffisant: »Billiger kann ein Atelier nicht sein.«

»Ja, nicht einmal den Boden haben sie gekehrt.«

Wie ich sehen konnte, waren die Vorbereitungen für das Kunstspektakel in vollem Gange. In der Mitte der Halle war eine vier Meter große runde Arena aufgebaut, um die eine 60 Zentimeter hohe Balustrade lief. Im Inneren waren Kunststu-denten gerade dabei, den Boden mit einer weißen Leinwand auszukleiden.

Lysander kalkulierte und sagte: »Das dürfte etwa dreißig Bilder ergeben.«

Ich meinte: »Also im Schnelldurchgang.«

»Warum einzeln anfertigen, wenn's auch industriell –«

Mitten im Satz verstummte er und stürmte wie von der Tarantel gestochen los. Er steuerte auf eine zierliche Frau zu, die ebenfalls große blaue Augen hatte und genauso schlank war wie er. Aus der Ferne sah sie aus wie seine Zwillingsschwester.

Ich folgte ihm und konnte hören, wie er zu ihr sagte: »Jasmin, du hast meinen ›Flüchtenden Liebhaber‹ übermalt. Gib's zu!«

»Nein«, wehrte sie ab, »das war der Professor.«

»Der kann doch gar nicht figürlich malen.«

»Da tust du ihm unrecht.«

Lysander insistierte weiter: »Ich weiß schon, wie das bei euch läuft: Du malst – und er signiert und kassiert!«

Jetzt gab sie ihren Widerstand auf. Sie sagte: »Ich konnte einfach nicht anders. Ich konnte nicht mehr schlafen, war den ganzen Tag fahrig, unkonzentriert. Wie ein Junkie auf Entzug.«

Lysander wechselte auf einmal den Tonfall. Begütigend sagte er: »Ich verstehe dich.«

»Ja?«

Er nickte.

»Wirklich?«

»Aber ja. Ich empfinde genauso.«

Er breitete die Arme aus und beide umarmten sich herzlich. Nun öffneten sich die Schleusen ihrer Augen und Tränen kullerten über ihr Gesicht. Sie hatte wohl begriffen, dass sie mit ihrer Marotte nicht allein war auf der Welt. Endlich hatte sie einen Seelenverwandten gefunden. Lysander erging es ähnlich. Auch er lächelte glücklich, als hätte er Opium geraucht. Wie beide so in völliger Harmonie und Glückseligkeit dastanden, war mir, als erhaschte ich einen Blick vom Himmelreich. Ja, dachte ich, so muss sich das Paradies anfühlen.

Ein Kommilitone störte ihre elysischen Wonnen, indem er Jasmin bat, ihm zur Hand zu gehen. Schweren Herzens riss sie sich von Lysander los und eilte zum Baucontainer.

Wir schlenderten zur Arena und lauschten den Gesprächen, die die Zuschauer führten. Eine vornehme Frau in einem Prada-Kleid sagte zu ihrem Begleiter: »Ich bin schon so gespannt aufs Happening. Der Professor lässt sich immer was Neues einfallen, er ist einfach ein Genie.«

Lysander verdrehte die Augen und flüsterte: »Beim Abzocken des Geldadels ist er wirklich genial!«

Ein junger Mann, offensichtlich Student des Professors, sagte: »Ein Meisterwerk hat nun mal seinen Preis.«

Lysander winkte ab.

Dann begann der offizielle Teil der Veranstaltung. Eine leichtbekleidete Moderatorin trat mit einem Mikrofon zur Arena und sagte: »Meine Damen und Herren, herzlich willkommen zum Happening ›Kampf gegen die Bestie‹, dem Kunstereignis des Jahres in München; veranstaltet von Honorarprofessor Hilbur Krachtveitel von der Kunstakademie München.«

Applaus brandete auf.

Die Moderatorin kreischte nun wie ein Boxansager und rief: »Let's get ready to rumble! Begrüßen Sie bitte mit einem stürmischen Applaus Honorarprofessor Hilbur Krachtveitel!«

Das Lied »Eye of the tiger« von Survivor ertönte.

Aus dem Container trat nun ein Student mit einem Schild in der Hand, auf dem in roter Schrift zu lesen stand: »Barbarossa!«

Hinter ihm schritt der Professor im silbernen Kampfmantel einher. Die Zuschauer empfingen ihn mit Applaus und begeisterten Pfiffen, was der Professor mit ausladenden Begrüßungsgesten quittierte. Einige Studenten skandierten: »Barbarossa – eye of the tiger!«

Als der Professor mit Schwung über die Balustrade springen wollte, stolperte er und rollte in die Arena. Lysander und ich lachten auf. »Barbarossa« stand jedoch ungerührt auf und tänzelte im Ring herum. Dabei sang er zur Musik: »Eye of the tiger.«

Anschließend zog er seinen Kampfmantel aus und ein rotes Catcher-Trikot kam zum Vorschein. Mit seinem Schmerbauch und roten Bart sah er aus wie ein Barbar, der gerade Blut getrunken hatte. Die Frau im Prada-Kleid seufzte: »Was für eine Männlichkeit!«

Die Moderatorin fuhr fort: »Und nun kommt seine Kontrahentin, die gefürchtete Kampfsau Esmeralda, Gräfin von Landingen!«

»Highway to hell« von ACDC erklang.

Aus dem Container wurde ein Geschöpf in einem goldenen Kampfmantel geführt, aus dem unten vier Hufe herausschauten. Ein Student trug ein Schild vor ihr her, auf dem in roter Farbe geschrieben stand: »Die Bestie!«

Ich konnte mir keinen Reim auf den Auftritt zu machen. War das tatsächlich ein Schwein?

Lysander sagte empört: »Was für eine Scharlatanerie!«

Ich meinte lachend: »Zumindest ist es lustig.«

Die Moderatorin begleitete den Auftritt des vierbeinigen Gegners mit den Worten: »Ja, meine Damen und Herren, da kommt sie, die gefürchtete Bestie. Wenn man nicht aufpasst, dann reitet man auf ihr in die Hölle.«

Der Refrain »Highway to hell« ertönte.

Die Kontrahentin bestieg nun die Balustrade und hüpfte in die Arena. Sie lief dort herum und grunzte aufgeregt.

Nach einer Weile wurde der goldene Mantel gelüftet und eine stattliche Drei-Zentner-Sau kam zum Vorschein. Ah- und Oh-Rufe der Zuschauer waren die Reaktion.

Jasmin kam nun von der Seite und schüttete einen Eimer blaue Fingerfarbe über die Sau. Um ihren Gegner kümmerte sich ein Kommilitone: Er schleppte einen großen Farbeimer herbei, stieg auf die Balustrade und schüttete rote Farbe auf seinen Kunstprofessor.

Die Moderatorin bezog außerhalb der Arena Position und sagte: »So, meine Damen und Herren, jetzt wird's ernst.«

Sie zählte den Countdown herunter: »5, 4, 3, 2, 1, los geht's!«

Keiner der Kombattanten konnte sich zunächst dazu entschließen anzugreifen. Sie belauerten sich und suchten nach Schwächen in der gegnerischen Verteidigung. Schließlich lief der Professor auf die Kampfsau zu und versuchte sie zu packen. Doch seine Hände glitten ab, er schnellte zurück und patschte mit dem Rücken in die rote Farbe.

Lysander rief: »Esmeralda! Esmeralda!«

Der Professor rappelte sich wieder auf und griff erneut an. Dieses Mal bekam er seine Kontrahentin zu fassen und schmiss sie seitlich zu Boden. Beide rangen miteinander und wälzten sich im Farbenschlick – sie laut grunzend und er schrill schreiend.

Lysander sagte verächtlich: »Da kann ich gleich eine Dreckschleuder laufen lassen oder einen Mistausbreiter.«

Fleißige Helfer waren nun dabei, die restlichen Farben des Regenbogens in die Arena zu kippen. Das blieb für den Professor nicht ohne Folgen. »Barbarossa« versuchte mehrmals aufzustehen, rutschte jedoch immer wieder auf der bunten

Pampe aus. Die Prachtsau Esmeralda nutzte diesen Umstand und begrub ihn unter ihrer Leibesfülle, sodass nur noch seine Hände und Füße herausschauten. Die vierbeinige Gräfin lutschte vergnügt am roten Bart ihres Gegners, was ihn Schreie ausstoßen ließ. Lysander feuerte die Sau an: »Mach ihn fertig, Esmeralda! Rupf ihm den Bart aus! Hahaha.«

Da sich der Professor nicht alleine befreien konnte, kamen ihm seine Studenten zu Hilfe. Lysander schrie: »Das ist unfair. Schiebung! Schiebung!«

Doch die Moderatorin musste nicht eingreifen, denn die Studenten glitten beim Befreiungsversuch ebenfalls aus und waren für ihren Professor keine große Hilfe. Im Gegenteil: Mit ihnen im Ring entstand ein Gewühl aus bunten Leibern, aus denen die Prachtsau herausstach.

Die Zuschauer konnten jetzt nicht mehr an sich halten und fotografierten mit ihren Handys, was das Zeug hielt.

Ich sagte zu Lysander: »Das also ist der schwungvolle Farbauftrag der Impressionisten.«

Er quittierte meinen Satz mit einem Lächeln.

Das Happening hatte sich inzwischen zu einem zappelnden, zuckenden Gewühl von Leibern in einem Farbenbrei entwickelt, begleitet von Schreien und lautem Quieken. Jasmin reichte Professor Krachtveitel ein Waldhorn, doch immer, wenn er danach greifen wollte, wurde er von der Kampfsau oder seinen Studenten daran gehindert. Schließlich rappelte sich der Professor auf, griff das Horn und blies das Halali! Die Kombattanten krochen darauf zum Rand der Arena und richteten sich auf. Zwei Studenten führten die Prachtsau Esmeralda zurück zum Baucontainer.

Die Moderatorin sagte begeistert: »Meine Damen und Herren, bitte einen großen Applaus für die Kämpfer! Sie haben sich wacker geschlagen.«

Unter lautem Beifall und Bravorufen marschierten die Teilnehmer zu den Duschen, die sich im Container befanden.

Lysander schimpfte:»Das ist eine entsetzliche Kleckserei, das sieht aus wie Farbdurchfall!«

Die Moderatorin ging zur Arena und zeigte mit der rechten Hand darauf. Sie sagte:»So, meine Damen und Herren, das Kunstwerk ist vollendet. Die Leinwand wird getrocknet, in 120 x 80 cm große Teile zerschnitten und eingerahmt. Die Bilder können dann in drei Tagen in der Galerie List & Tycke gekauft werden.«

Lysander sagte zu mir:»Ich bin auf die Signatur gespannt. Links steht Krachtveitel …«

»… und daneben ist eine Sau-Klaue zu sehen«, ergänzte ich.

Wir lachten herzhaft.

Neben uns unterhielt sich ein Paar, das während des Happenings ebenfalls laut gelacht hatte.

Er sagte zu ihr:»Dass Künstler mit Tieren arbeiten, ist nichts Besonderes: Salvador Dalí ließ sich ins Luxushotel Hôtel Le Meuricem, wo er residierte, eine Herde Schafe bringen.«

Sie meinte:»Das muss was gewesen sein für die anderen Hotelgäste, wenn plötzlich Schafe in den Aufzug strömen …«

»Und die Viecher fahren hoch zur teuersten Suite …«

Sie lachten lauthals.

Dann fuhr er fort:»Oder wenn man einen langen Gang entlanggeht und einem eine Schafherde entgegenkommt.«

»Besonders, wenn man gerade gekifft hat und glaubt, man sei noch auf dem Trip …«

Er spielte den Bekifften und fuchtelte mit den Armen herum: »Ihr seid nicht real! Auch wenn ich euch blöken höre und euer weiches Fell spüre. Ich seid bloß Ausgeburten meiner Fantasie.«

Sie sagte:»Und wenn dich dann so ›Fantasie-Schaf‹ ins Bein zwickt, dann drehst du vollkommen durch. Hahaha.«

»Nicht zu vergessen die Hinterlassenschaften von so einer Herde ...«

»Das muss fürs Reinigungspersonal der reinste Horror gewesen sein.«

Lysander und ich gingen zur Moderatorin, die gerade einen älteren Mann interviewte, der sich während des Spektakels Aufzeichnungen gemacht hatte. Er sagte bedeutungsschwanger:»Das Archaische des Entstehungsprozesses hat sich darin manifestiert, da springt einem die Naturgewalt entgegen.«

Die Moderatorin sagte:»Schreiben Sie das bitte.«

Lysander raunte mir zu:»Klar, die Wahrheit kann er ja nicht schreiben.«

Die Frau im Prada-Kleid, die in der Nähe stand, sagte:»Also, ich bekomme regelrecht Hitzewallungen, wenn ich davorstehe. Ich kann das Animalische förmlich spüren, es elektrisiert mich nachgerade ...«

Ein kleiner Mann, der neben ihr stand, meinte:»Dann wäre so ein Bild was für Ihr Schlafzimmer?«

»Aber unbedingt. Es soll sich endlich wieder was rühren in meinem Bett ...«

»Und welche Rolle werden Sie spielen?«

»Natürlich die Gräfin von Landingen.«

Lysander flüsterte laut hörbar:»Da müssen Sie aber abnehmen.«

Sie warf ihm einen bösen Blick zu und zischte:»Sehr witzig.«

Ein anderer Herr, der einen distinguierten Eindruck machte, stand vor der Arena und stützte das Kinn mit der rechten Hand ab … Offensichtlich dachte er nach … Unvermittelt sagte er: »Das Erfrischende ist das völlig Fehlen von Intention! Hier ist alles spontan, beiläufig, zufällig.«

Lysander sagte: »Sie meinen, wer kein Ziel verfolgt, kann es auch nicht verfehlen?«

Der andere nickte heftig: »Richtig! Richtig! Genau das ist es!«

Lysander sah süffisant zu mir und zeigte mir den Vogel. Er flüsterte: »Kunst, die unbeabsichtigt entsteht. So ein Quatsch! Da könnte man sich gleich mit dem Rücken zur Leinwand stellen und die Farbe über die Schulter schleudern, ohne das Resultat zu sehen.«

Ich musste lachen und sagte: »Bei einigen Malern wäre das Ergebnis sicherlich interessanter.«

»Ja, weil die Stümperhaftigkeit nicht zum Zuge kommt, sondern der Zufall den Pinsel führt.«

Wir lachten beide schallend. Das schien einem jungen Mann in unserer Nähe nicht zu gefallen. Er sagte: »Sie sind ja nur neidisch auf das Genie des Professors.«

Lysander entgegnete: »Ich finde, die Gräfin von Landingen hat mehr Talent.«

Ich ergänzte: »Und das ist auch deutlich sichtbar.«

Wieder lachten wir lauthals.

Wir spotteten noch eine Weile über das skurrile Kunstspektakel, da kam Jasmin auf uns zu. Lysander sagte zu ihr: »Dass du dich für sowas hergibst?«

»Der Professor zahlt gut.«

Lysander fuhr fort: »Ach übrigens, das ist Jimmy.«

Ich gab Jasmin die Hand und Lysander erläuterte:»Er hat interessante Fähigkeiten. Er ist gewissermaßen ein ›Passepartout‹.«

Sie sah mich fragend an.

Lysander erläuterte:»Ein Generalsschlüssel.«

Ich korrigierte:»Ein Türöffner, im Wortsinn.«

Sie meinte:»Das ist ja wunderbar. Endlich hast du freien Zugang zu deinen Werken.«

Ich wehrte ab:»Das ist nicht so einfach. Schließlich gibt es da noch die Käufer.«

Plötzlich hellte sich ihr Gesicht auf. Mit einem bittenden Tonfall sagte sie:»Könntest du für mich auch den Türöffner spielen?«

Du lieber Himmel, dachte ich, jetzt habe ich zwei Verrückte am Hals.

Sie erriet meine Abneigung und flehte:»Ich tu alles für dich.«

»Wirklich alles?«, fragte ich.

Sie lächelte listig.»Alles, was eine Frau für einen Mann tun kann ...«

Sie beugte sich nach vorne und wackelte mit ihren Brüsten.

Oh Mann, sagte ich mir, die muss wirklich Seelenqualen erleiden, wenn sie zu allem bereit ist. Aber sie war nicht mein Typ. So sagte ich zu ihr:»Kannst du Aktzeichnen?«

»Nicht sehr gut.«

Lysander kam ihr zu Hilfe und sagte zu mir:»Marisa lobt dich in den höchsten Tönen. Sie wird dir bestimmt einen dritten Akt von Alina anfertigen.«

»Aber dieses Mal von vorn auf dem Bauch liegend, mit einem neckischen Po im Hintergrund.«

»Ich geb's weiter.«

Jasmin sagte:»Dann ist es also abgemacht?«

Ich nickte, worauf sie vor Freude auf der Stelle hüpfte. Sie quietschte: »Heute ist mein Glückstag!« und umarmte Lysander.

Da ich beide Maler bei ihrem Trip durch die elysischen Gefilde nicht stören wollte, verabschiedete ich mich von ihnen und machte mich auf den Heimweg.

KAPITEL 8

Am Montagvormittag besuchte mich Jasmin. Sie war bester Laune und sagte:»Ich kann es immer noch nicht glauben, dass ich von meinen Seelenqualen erlöst werde ...«

Ich antwortete:»Ich spiele eben gerne den Heilsbringer für exzentrische Maler.«

»Du musst uns für völlig verrückt halten.«

»Nicht verrückter als Salvador Dali. – Also, um welche Bilder geht es?«

»Das Erste heißt ›Die Heuernte‹ und hängt bei einer gewissen Agrippina Hagestolz in Haidhausen. Ich habe mich bei ihr als Zimmermädchen anstellen lassen. Doch leider habe ich mich so ungeschickt angestellt, dass sie mich am ersten Tag gefeuert hat.«

»Okay«, sagte ich, »und das zweite Bild?«

»Das Zweite heißt ›Die Duellanten‹. Gekauft hat es Günther Streitwieser, er wohnt glaube ich im Lehel.«

Da ich alle Informationen hatte, verabschiedete sich Jasmin von mir.

Nachdem sie gegangen war, rief ich Frau Hagestolz an. Ich gab mich wieder als Geschäftsführer der Galerie Seyn & Wetterstein aus und sagte, dass ich alle Bilder der Malerin Jasmin Waldeck katalogisieren wolle. Frau Hagestolz sagte, dass sie das Bild nicht mehr besäße. Nach dem Grund befragt, gab sie zur Antwort:»Nach dem letzten Streit mit meinem Schwiegersohn, hat er mir Hausverbot erteilt. Ungeheuerlich!«

»In der Tat«, pflichtete ich ihr bei.

»Ich habe ihm dann als Rache dieses Gemälde geschenkt. Es zeigt Bauern bei der Heuernte.«

»Wieso gerade dieses Bild?«, wollte ich wissen.

»Er leidet an Heuschnupfen …«

»Verstehe. Er wird sie so in guter Erinnerung behalten.«

»Das hoffe ich doch«, sagte sie hämisch lachend.

Ich fragte sie: »Würden Sie so freundlich sein, mir die Telefonnummer ihrer Tochter zu verraten.«

»Aber gerne.«

Sie gab mir die Nummer.

Dann sagte ich: »Übrigens, haben Sie noch eine Tochter?«

»Nein.«

»Da bin ich aber froh« – und ich legte auf.

Anschließend rief ich die Tochter an und befragte sie nach dem Bild. Sie sagte: »Mein Mann hat es einem Kapitän der Chiemsee Schifffahrt verkauft. Ich glaube er heißt Seefelder.«

»Also ist Ihr Mann der Rache Ihrer Mutter entkommen?«

Sie sagte lachend: »Ja, meine Mutter wurde ihrem Vornamen wieder mal gerecht.«

»Bitte?«

»Sie heißt Agrippina.«

»Ach, so. Sie spielen auf die Mutter Neros an …«

»Genau.«

Ich bedankte mich für die Auskunft und rief die Homepage der Chiemsee Schifffahrt auf. Wenig überraschend war die Website gestaltet wie das perfekte Postkartenmotiv: Der türkisblaue Chiemsee schimmerte verheißungsvoll und im Hintergrund ragten die bayerischen Berge empor. Wenn die Welt nur so schön und heil wäre, murmelte ich, während ich die Telefonnummer des Betriebsbüros wählte … Am anderen Ende der Leitung meldete sich eine gewisse Frau Steinheger.

Befragt nach Herrn Seefelder meinte sie: »Ach, der Seefelder Toni, der ist gerade mit dem ›Ludwig Fessler‹ unterwegs.«

»Mit wem?«, fragte ich.

»Mit dem Raddampfer, der heißt so.«

»Könnten Sie mir seine Handynummer verraten?«, fragte ich sie.

»Sind Sie ein Fischer?«

»Nein, wieso?«

»Weil die ihn auf dem Kieker haben.«

Ich sagte im Brustton der Überzeugung: »Ich bin Galerist aus München und möchte ein Bild katalogisieren, dass Herr Seefelder kürzlich gekauft hat.«

Sie verriet mir seine Nummer.

Als ich wenig später Herrn Seefelder anrief, war er kurz angebunden. »Ich kann jetzt schlecht, ich lege gerade an ... Kreuzteufel! Kruzitürken!«

Die Verbindung brach ab.

Nach fünf Minuten läutete mein Telefon. Ich war schon auf eine Schimpftirade eingestellt, doch der Chiemsee-Kapitän gab sich konziliant. »Entschuldigen S' meine Schimpferei, aber fast hätte ich ein Fischerboot gerammt. Mit denen bin ich über Kreuz.«

»Das hat mir die Dame vom Betriebsbüro bereits verraten.«

»Ja, unser Streit ist kein Geheimnis. Also, was wollen S'?«

Ich antwortete: »Es geht um ein Gemälde, das Sie vor Kurzem gekauft haben. Es heißt ›Die Heuernte‹.«

»Ach ja, die Heuernte. Wissen S', es ist ein großes Glück für mich, dass ich dieses Bild entdeckt habe. Es erinnert mich nämlich an meine Kindheit auf dem elterlichen Hof. Wir haben im Sommer auch immer das Heu eingefahren –«

»Wo hängt es denn?«, unterbrach ich ihn.

»Natürlich in meiner Kajüte.«

»Um Gottes willen!«, stieß ich aus.

»Nein, da brauchen S' keine Angst haben. Die Kajüte sperr ich immer ab.«

Auch das noch, murmelte ich. Da kam mir eine Idee. Ich fragte ihn: »Gibt es eigentlich mit dem Raddampfer Ausflugsfahrten?«

»Ja, im Sommer jeden Freitagabend.«

Ich war gerettet.

Ich bedankte mich für die Auskunft und kaufte online drei Karten für die Vergnügungsfahrt diesen Freitag.

Dann rief ich die Facebook-Seite vom Seefelder Toni auf und schaute mir die baulichen Gegebenheiten des Raddampfers ›Ludwig Fessler‹ an. Voller Stolz präsentierte der Kapitän sein Schiff: Außenansichten, Innenansichten, sogar die Beschaffenheit der Türschlösser waren hier bestens dokumentiert. Wunderbar, dachte ich mir, wir hier die Leute alles präsentieren – ein Paradies für Einbrecher. Ich verstellte meine Stimme und sprach mit französischem Akzent den Monolog eines stolzen Kapitäns: »Meine Damen und Herren, voilà mein Schiff. Brechen Sie ein! Bestehlen Sie mich! Hier finden Sie alles, was Ihr Herz begehrt. Sie werden damit auf dem Schwarzmarkt Höchstpreise erzielen. Diese Glasvase zum Beispiel. Echtes Muranoglas aus Venedig. Dafür bekommen Sie bei einem vernünftigen Hehler 3.000 Euro! Oder hier … ein echter Schönfeld aus dem 17. Jahrhundert … 20.000 Euro sind da fällig …«

Schade, dass ich keinen Diebstahl plante. Es hätte sich gelohnt.

Nachdem ich die Übermalaktion fürs erste Bild organisiert hatte, widmete ich mich Jasmins zweitem Gemälde. Wie die Facebook-Seite von Günther Streitwieser verriet, bewohnte er mit seiner Frau Susanne ein vornehmes Haus im Lehel. Wer so eine noble Villa hat, dachte ich mir, hat sicher eine Putzfrau. Und die sind bekanntlich geschwätzig ...

Ich begab mich also am Nachmittag dorthin und machte vom Gartenzaun aus ein Foto vom Türschloss. Als ich es heranzoomte, fiel mir die Kinnlade herunter: Die Haustür war mit einem elektronischen Schloss gesichert, das mittels Zahlencode und Fingerabdruck zu öffnen war. Viel zu aufwendig, sagte ich mir, also muss ich einen »analogen« Weg ins Haus finden ...

Während ich die Villa betrachtete, öffnete sich plötzlich die Balkontür im ersten Stock und eine Reinemacherfrau in einer grauen Schürze betrat den Balkon. Die kommt wie gerufen, dachte ich.

Ich rief zu ihr hoch: »Hallo, mein Name ist Breitenfels. Ich bin Location Scout für den ›Tatort‹. Sie kennen doch den ›Tatort‹?«

»Natürlich«, antwortete sie, »den sehe ich jeden Samstag.«

Ich fuhr fort: »Also, das Filmteam steckt in der Klemme. Wir haben die neuste Folge abgedreht, doch leider ist durch Schlagbelichtung eine Filmrolle kaputt. Dadurch müssen wir eine Szene in einem Haus nachdrehen. Wäre Ihr Haus für Filmaufnahmen zu vermieten?«

»Das fragen Sie besser Frau Streitwieser, die kommt in einer halben Stunde zurück.«

Wunderbar, dachte ich mir, so kann ich meine Person im Hintergrund halten. Ich sagte: »Vielleicht können Sie mir weiterhelfen. Dieses Wochenende, zum Beispiel Samstagabend, gehen die Herrschaften vielleicht ins Theater oder in die Oper?«

»Dieses Wochenende nicht, aber nächstes Wochenende«, antwortet sie, »ich habe Karten von ›Aida‹ auf der Kommode liegen sehen.«

»Und die Kinder?«, wollte ich wissen.

Sie schüttelte den Kopf:»Die haben keine Kinder, und das ist auch gut so.«

»Und der Hund?«

Sie lachte auf:»Die haben auch keinen Hund. Bei denen würde es eh keiner aushalten.«

Ich verkniff mir die Frage, wie sie es bei solchen entsetzlichen Arbeitgebern aushalte.

Ich fuhr fort:»Theoretisch könnten wir also übernächsten Samstagabend filmen?«

»Ja, aber da fragen S' besser Frau Streitwieser.«

»Natürlich, ich werde sie anrufen. Vielen Dank.«

Ich fuhr zurück in meine Wohnung und informierte mich auf der Homepage der Bayerischen Staatsoper über die Aufführung am übernächsten Samstagabend. »Aida« sollte etwa bis 23 Uhr dauern. Und sie brauchen mindestens eine halbe Stunde zurück. Also ist genügend Zeit, kalkulierte ich.

Ich rief erneut die Facebook-Seite der Streitwiesers auf und hielt Ausschau nach der Balkontür. Und ich hatte Glück: Auf einer Aufnahme war die Balkontür im Hintergrund zu sehen. Wunderbar, ein einfaches Bartschloss, kein Problem.

Im Geiste spielte ich den Einbruch durch: Ich hangle mich am Fallrohr einer Dachrinne hoch in den ersten Stock, dann lasse ich vom Balkon eine Strickleiter herunter und knacke das Bartschloss der Balkontür. Mehr ist nicht zu tun.

Ich informierte Jasmin über unsere »Wohnungsbesichtigungen« am Freitag und übernächsten Samstagabend, wovon sie gar nicht begeistert war.

»Diesen Freitag veranstaltet Professor Krachtveitel ein Semesterfest in der Kunstakademie«, wandte sie ein.

»Die Bootsparty auf dem Raddampfer ›Ludwig Fessler‹ wird sicherlich interessanter werden«, sagte ich, »vor allem, wenn du deine Seelenqualen loswerden kannst.«

»Okay«, sagte sie. »Aber übernächsten Samstag wollte ich mir in der Staatsoper ›Aida‹ anschauen, eine Inszenierung vom Kattelbach.«

»Von wem?«, fragte ich.

»Nathanael Kattelbach, der ist Verdi-Spezialist.«

»Liebe Jasmin, übernächsten Samstag gehen die Streitwiesers in die Oper, und dreimal darfst du raten, was sie sich anschauen.«

»›Aida‹?«

»Genau.«

»Das ist ja ein Zufall.«

»Ja, und diesem Zufall hast du es zu verdanken, dass wir bei den Streitwiesers sturmfreie Bude haben.«

»Aber ausgerechnet wenn ›Aida‹ gespielt wird?«

»Du musst dich eben entscheiden: ›Aida‹ oder ›Die Duellanten‹.«

»Ach, das ist wirklich blöd. Geht's denn nicht anders?«

»Liebe Jasmin, wenn du's schaffst, die Streitwiesers zu überreden, bei sich eine Soiree zu veranstalten, wo als Höhepunkt die große Malerin Jasmin Waldeck ihr berühmtes Gemälde ›Die Duellanten‹ in eine neue Dimension überführen wird …«

Sie schwieg einige Zeit, dann willigte sie missmutig ein.

Ich fragte sie: »Soll Lysander auch dabei sein?«

»Ja, das wäre nicht schlecht. Schließlich hat er beim Übermalen mehr Erfahrung als ich.«

KAPITEL 9

Zwei Tage später rief mich Lysander an. Er sagte am Telefon, dass eine gewisse Frau Schlageder, Kommissarin im Kunstdezernat, ihn vernehmen wolle, wegen dem Gemälde bei Familie Siepmann. Ach, du Scheiße, dachte ich, die Polizei kann ich gar nicht gebrauchen. Auf der anderen Seite wollte ich Lysander nicht alleine gehen lassen, denn die Gefahr war zu groß, dass er unsere »Wohnungsbesichtigungen« verraten könnte. So sagte ich: »Wir gehen am besten gemeinsam hin. Ich als dein Künstleragent und Sprecher.«

Zwei Stunden später saßen wir im ersten Stock der Polizeiinspektion im Westend. Lysander war reichlich nervös, doch ich beruhigte ihn: »Überlass das Reden mir, die können uns nichts anhaben.«

In diesem Augenblick öffnete sich die Bürotür und ein Polizist führte einen jungen Mann in Handschellen heraus.

Als er Lysander sah, sagte er: »Grüß dich Lysander, ja so ein Zufall.«

Lysander antwortete: »Hallo Holger, wie geht's?«

Angesichts seiner prekären Situation war diese Frage reiner Hohn.

Die Kommissarin sagte zum Polizisten: »Warten Sie bitte einen Augenblick, bis ich den Papierkram fertig habe.«

Die beiden Männer setzten sich anschließend neben uns auf die Bank.

Lysander flüsterte Holger zu: »Was ist denn passiert?«

Dieser wisperte: »Mein Caravaggio, er wurde als Fälschung entlarvt.«

»Wie das denn?«

»Die Schraffierung.«

Lysander flüsterte: »Aber ich hab's dir doch gezeigt.«

»Ja, schon. Nur ich bin Linkshänder. Ich habe also von rechts unten nach links oben schraffiert und nicht umgekehrt.«

»Du Idiot!«

Holger nickte.

Die Kommissarin trat nun auf den Gang, überreichte dem Polizisten ein Dokument und gab Order, den Delinquenten in die JVA Stadelheim zurückzubringen.

Dann wandte sie sich uns zu: »Herr Lichtwitz?«

»Ja.«

»Mein Name ist Schlageder.«

Wir standen auf und ich sagte: »Ich bin Jimmy Krohnstadt, sein Künstleragent.«

Die Kommissarin bat uns einzutreten und wir nahmen vor ihrem alten Holzschreibtisch Platz. Ich blickte mich etwas um und fühlte mich an die Krimiserie »Derrick« erinnert, denn dort waren die Möbel in Polizeistuben ähnlich antiquiert und verstaubt.

Die Kommissarin sagte: »Herr Lichtwitz, ich habe schlechte Nachrichten. Ihr Gemälde ›Platons Akademie‹ bei Familie Siepmann wurde übermalt, während sich die Familie in Südfrankreich aufhielt.«

Lysander sagte mit gespielter Empörung: »Nein, Sachen gibt's. Was wurde denn geändert?«

Frau Schlageder zeigte uns ein DIN-A-5-Foto des Gemäldes. Und darauf konnte man die Orgie der Philosophen im ersten Stock der Akademie ganz gut erkennen.

Wir mussten beide gegen das Lachen kämpfen, so sagte ich: »Das entbehrt nicht einer gewissen Komik.«

Lysander meinte: »Also mir gefällt es so sogar besser, es ist irgendwie lustiger.«

Die Kommissarin sagte: »Herrn Siepmann war nicht zum Lachen zumute.«

Sie legte das Foto weg und fragte Lysander: »Wer könnte Ihnen etwas Böses wollen?«

Er entgegnete: »Sie meinen, der Anschlag galt mir?«

»Wahrscheinlich.«

»Nicht, dass ich wüsste.«

Frau Schlageder fuhr fort: »Vielleicht eine Ex-Freundin, die sich rächen wollte.«

»Marisa? Nein, sind im Guten auseinandergegangen.«

»Ich muss jeder Spur nachgehen. Wie heißt sie mit Nachnamen?«

Ich warf Lysander einen vorwurfsvollen Blick zu, doch er musste antworten.

»Sie heißt Marisa Helmbrecht«, und er nannte ihre Telefonnummer.

Die Kommissarin sagte: »Wie dem auch sei. Der Eigentümer, Herr Siepmann möchte, dass die ursprüngliche Fassung wiederhergestellt wird, natürlich gegen Entgelt.«

Lysander meinte nonchalant: »Ach, wissen Sie, ich sehe mich in der Tradition von Tizian. Dessen Bilder wurden noch zu seinen Lebzeiten übermalt und es hat ihn nicht gestört.«

»Das heißt, es macht Ihnen nichts aus?«

Lysander antwortete: »Genau genommen, nein. Wenn ich ein Bild verkaufe, rechne ich sogar damit, dass ich es … ich meine, dass es irgendwann geändert wird. Wie ich schon sagte, mein Vorbild ist Tizian.«

Ich schaltete mich ein:»Wir werden mit dem Besitzer, Herrn Siepmann reden. Vielleicht kann ich ihn dazu bringen, das Bild so zu belassen, wie es ist.«

Die Kommissarin sagte:»Das wäre in der Tat das Beste. Ach, übrigens, haben Sie irgendwas mit Kobolden zu tun?«

Lysander fragte:»Mit Kobolden?«

Sie zeigte uns einen Zettel mit einer Handschrift. Ich erkannte sie sofort als meine eigene. Es stand zu lesen:»Die Kobolde waren hier zum Spielen.«

Lysander schüttelte den Kopf:»Nein, keine Ahnung.«

Frau Schlageder fuhr fort:»Und dass in der Villa Siepmann alle Wertsachen im Flur auf einen Haufen zusammengetragen wurden, davon wissen Sie auch nichts?«

Lysander schüttelte erneut den Kopf:»Wer sollte so etwas Verrücktes tun?«

»Das fragen wir uns auch. Also, wenn Sie irgendwas zu diesem Fall wissen, rufen Sie mich an.«

Ich sagte im Brustton der Überzeugung:»Das machen wir!«

»Gut«, sagte die Kommissarin,»das war's.«

Wir verabschiedeten uns von ihr und verließen die Polizeiinspektion.

Wieder im Freien sagte ich:»Jetzt siehst du, in welche Scheiße du uns geritten hast.«

Lysander antwortete:»Also, ich kann Herrn Siepmann überhaupt nicht verstehen, der sollte doch froh sein, dass das Bild endlich Pepp hat. Und der Direktor der Höllkraut-Brauerei hat sich ja auch nicht beschwert.«

»Vermutlich weil er ein bierseliges Gemüt hat. Aber nicht jeder Käufer ist Bierbrauer.«

»Ja, leider.«

Wir gingen auseinander und ich fuhr nach Hause.

Zu Hause angekommen, rief ich Herrn Siepmann an.

Ich sagte:»Ich bin Jimmy Krohnstadt, der Künstleragent von Lysander Lichtwitz. Ich rufe wegen dem Gemälde an: ›Platons Akademie‹. Möchten Sie die Anzeige nicht vielleicht zurücknehmen?«

Er antwortete:»Nein, kommt nicht infrage! Das Bild kann so nicht bleiben.«

»Okay«, sagte ich,»der Maler möchte es zurückkaufen.«

»Von mir aus.«

»Aber da es verschandelt wurde, natürlich nur für die Hälfte, also 150 Euro.«

»Einverstanden, Hauptsache, es ist aus dem Haus.«

Ich rief Lysander an und sagte:»Herr Siepmann möchte es dir zurückgeben. Ich konnte ihn auf die Hälfte runterhandeln, also 150 Euro.«

»So viel?«

»Wieso?«, sagte ich.»Du hast doppelt gewonnen: Erstens bekommst deinen geliebten, alten Bekannten wieder und zweitens hast du 150 Euro Gewinn gemacht. Das wäre übrigens ein lukratives Geschäftsmodell.«

»Was?«

»Du verkaufst Bilder, übermalst sie und kaufst sie für die Hälfte des Preises zurück. So kannst du bei einem ein Bild mehrmals kassieren.«

»Dafür fehlt mir der Geschäftssinn.«

Ich sagte:»Wie dem auch sei, mach bitte mit Herrn Siepmann einen Termin aus, und kein Wort von unserer Wohnungsbesichtigung.«

»Geht klar.«

Kurz darauf rief mich Marisa an. Sie sagte vorwurfsvoll:
»Weißt du, wer mich gerade angerufen hat?«

»Nein.«

»Die Polizei – eine gewisse Kommissarin Schlageder vom Kunstdezernat. Ihr habt ihr meine Telefonnummer gegeben.«

Ich sagte:»Liebe Marisa, Lysander und ich waren heute gemeinsam bei der Polizei, wegen der Malaktion in der Villa Siepmann. Und Lysander ist dein Name rausgerutscht.«

»Wie kommt er dazu?«

»Die Kommissarin verdächtigt seine Ex-Freundinnen und du warst die Letzte. Aber mach dir keinen Kopf, die Polizei kann dir nichts, wenn du dich bei den Preisen etwas zurückhältst.«

»Meinst du?«

»Wo kein Kläger, da kein Richter«, und ich legte auf.

KAPITEL 10

Am späten Freitagnachmittag machten Jasmin, Lysander und ich uns auf den Weg nach Prien am Chiemsee, von wo die Ausflugsfahrt des Raddampfers »Ludwig Fessler« beginnen sollte.

Wir stiegen in München Ost in einen IC ein und nahmen in einem Großraumwaggon Platz. Schräg gegenüber saßen ein Ehepaar und ihr kleiner Sohn. Anhand der Art und Weise, wie sie das »S« aussprachen, schlussfolgerte ich, dass sie aus Norddeutschland kamen. Während der Fahrt über Land ließen sie sich ausgiebig über das ihrer Meinung nach langweilige Landleben aus.

»Gähn, gähn«, sagte ihr kleiner Sohn ständig.

»Ja«, meinte seine Mutter, »viel ist hier nicht los.«

»Aber wir sind ja bald in Salzburg«, tröstete ihn sein Vater.

Einem älteren Passagier, der ganz in der Nähe saß, gefielen diese Schmähungen des Landlebens gar nicht. Er verzog sein Gesicht und wurde während der Fahrt immer röter.

Als wir in Rosenheim einfuhren, meinte die Frau: »Sieh dir das an, eine Reihenhaussiedlung nach der anderen; dass hier überhaupt ein Zug fährt?«

»Die reinste Zeitverschwendung«, meinte ihr Mann.

Das Gesicht des unfreiwilligen Zuhörers war jetzt bereits blutrot.

Und als wir in Bad Endorf einfuhren, meinte sie: »Mein Gott, jetzt halten wir schon wieder.«

Ihr Mann sagte: »Was für ein Kaff, da möchte ich nicht begraben sein.«

Jetzt wurde es dem Zuhörer zu viel. Er sprang auf und rief: »Das ist eine Unverschämtheit! Ich wohne in Bad Endorf und das ist ein schöner Ort.«

Der Sohn witzelte: »Der Loisl und die Lisl, der Seppi und der Deppi.«

Seine Mutter zischte: »Adalbert, still.«

Doch der Pimpf kicherte frech.

Zum davoneilenden Einheimischen sagte sie: »Entschuldigen Sie bitte.«

Der drehte sich um und polterte: »Da brauchen Sie sich nicht wundern über Fremdenfeindlichkeit!«

Sie fuhr fort: »Verzeihen Sie bitte!«

Der wütende Mann schimpfte noch eine Weile über die Saupreißen und stieg schließlich aus.

Den Norddeutschen war das sichtlich peinlich. Sie sahen sich betreten an und schürzten ihre Lippen. Adalbert hingegen kicherte und sagte: »Hoffentlich treffen wir ihn auf der Rückfahrt wieder.«

Seine Mutter meinte: »Du meine Güte, lieber nicht.«

Jasmin, Lysander und ich lachten ebenfalls. Besonders lustig war anzuhören, wie das norddeutsche Ehepaar versuchte, dem vorhin geschmähten Bad Endorf doch noch eine gute Seite abzugewinnen.

Die Ehefrau sagte: »Eigentlich hat der Bayer recht, es ist sehr malerisch hier.«

»Ja, etwas für Impressionisten.«

Ihr Sohn ergänzte: »Also für Leute, die mit dem Leben abgeschlossen haben.«

Und er grinste bis über beide Ohren.

Um 19:30 Uhr kamen wir in Prien an. Wir fuhren anschließend mit der Bimmelbahn runter zum Strand, der bereits rappelvoll mit Partybesuchern war. Wie man den lauten Melodien aus zahlrechen Handys entnehmen konnte, herrschte beste Stimmung.

Plötzlich schrie ein Junge: »Da kommt er!«

»Wo?«, fragten mehrere Leute und starrten gebannt auf den See.

»Falscher Alarm«, sagte lachend der Junge.

»Idiot«, war die Antwort.

Nach mehreren Fehlalarmen wollte niemand mehr auf den See blicken. Da tauchte plötzlich der Raddampfer aus dem Dunkel der Nacht auf. Mit seinem Schaufelrad, dem Schornstein und seinem ockerfarbenen Oberdeck sah er so altertümlich aus, dass man meinen konnte, Prinzregent Luitpold stünde am Bug und begrüßte die Gäste höchstpersönlich. Gleichzeitig war der Dampfer ein modernes Partyboot mit Lichtergirlanden, Fackeln und großen Lautsprechern, aus denen ein stampfender Technobeat dröhnte.

Das Partyvolk konnte es kaum erwarten, an Bord zu gehen und drängelte auf dem Steg dermaßen heftig, dass wir beinahe ins Wasser gefallen wären. Als wir endlich an Bord waren, stiegen wir sofort ins Unterdeck, wo sich die Kapitänskajüte befand. Ich vergewisserte mich, das niemand in der Nähe war, dann öffnete ich mit einem Dietrich die Kajütentür. Jasmin konnte nicht an sich halten und stürmte an mir vorbei in Innere, wo sie auch gleich ihren »Liebling« entdeckte. Wie Lysander umarmte sie ihr Bild und nannte ihn einen guten Freund. Das Gemälde zeigte Mägde und Knechte, die mit Heugabeln Heubündel auf einen Wagen luden.

»Was willst du ändern?«, fragte ich sie.

»In einem Heuhaufen liegt ein Liebespaar,« antwortete sie.

»Und deshalb sind wir hier?«

Lysander kam ihr zu Hilfe und sagte: »Für die Liebe ist kein Weg zu weit.«

»Ja«, antwortete ich, »wenn ich nur keine verschlossenen Türen öffnen müsste ...«

Jasmin scherte sich nicht um meinen Einwand und machte sich am Bild zu schaffen.

Lysander stand hinter ihr und kommentierte: »Alles sehr schön. Doch hier müsste ein Heuschober stehen ... den kann ich aus dem Effeff ... von meinen Van Gogh-Studien.«

Überraschenderweise war sie mit seinem Verbesserungsvorschlag einverstanden und ließ ihn sogar von ihrer Palette malen.

Ich sah mich währenddessen in der Kapitänskajüte um. Neben einem Sextanten lehnte an der Wand ein großes Steuerrad aus Holz, auf dem »Gorch Fock« zu lesen stand. Das kann doch gar nicht sein, dachte ich mir. Hat er das etwa abgestaubt? Ich schlenderte weiter und entdeckte an einer Wand eine Schwarzweißfotografie von einer asiatischen Schönheit. Rechts unten hatte sie schwungvoll mit »Lissy« unterschrieben.

Da die beiden Maler ungehindert ihrer Tätigkeit nachgehen konnten, begab ich mich aufs Oberdeck.

Ein junger Mann mit Wulstkinn beugte sich über die Reling und sagte zu einigen Mädels: »Da unten muss er liegen, mein grüner VW Käfer.«

»Wie kommt er denn da hin?«, fragte ein Mädchen.

»Er ist letzten Winter bei einem Eisrennen abgesoffen.«

Jetzt lehnten sich die Mädels ebenfalls übers Geländer und starrten ins dunkle Wasser.

Der Rallyefahrer erzählte weiter: »Ich schlitterte mit Vollgas dahin, da gab plötzlich das Eis nach. Ich konnte gerade nach rausspringen, dann ist mein Auto auch schon untergegangen.«

Ein Mädchen schrie: »Ich seh was Grünes!«

»Das sind doch nur Algen«, sagte ein anderes.

Das dritte Mädel sagte: »Das wäre ein interessantes Objekt zum Tauchen. Man steigt ein und fährt davon.«

»Auf dem Grund des Sees?«, fragte das erste. »Das gibt's doch nur in James Bond-Filmen.«

Das zweite sagte: »Das wäre ideal für heimliche Schäferstündchen. Da wird man garantiert nicht von den Eltern erwischt.«

Das dritte sagte: »Nur das Küssen wird etwas schwierig, wenn man das Mundstück aus dem Mund nehmen muss.«

Alle lachten.

Das erste meinte: »Da geht einem schnell die Puste aus.«

»Und wenn man mehr machen will … das möchte ich mir gar nicht vorstellen …«

»Da gibt's jede Menge Luftblasen …«

Alle drei lachten herzhaft.

Jetzt schaltete sich der Diskjockey ins Partygeschehen ein. Er sagte per Durchsage: »So Leute, jetzt bringen wir das Schiff zum Schaukeln. Auf mein Kommando lauf ihr nach links oder rechts. Alles verstanden?«

Alle schrien: »Ja!«

»Gut, dann geht's los. Alle laufen nach links …«

Das Partyvolk tat, wie ihm geheißen und das Schiff neigte sich zur Backbordseite – Jubelschreie erschollen.

»Und jetzt alle nach rechts.«

Die Passagiere befolgten seine Anweisung und der Dampfer krängte zur Steuerbordseite – was wieder zu Jauchzern führte.

»Dann wieder nach links.«

So schwankten wir lautstark hin und her. Von weitem musste es aussehen, als wäre der Raddampfer betrunken und torkelte grölend über den See. Langsam jedoch zeigte die Schaukelei auch negative Auswirkungen, denn einigen Passagieren wurde richtig übel. Und als sich mehrere über die Reling erleichterten, beendete der DJ per Durchsage den selbst produzierten rauen Seegang und die Ausflugsfahrt konnte ohne Zwischenfälle fortgesetzt werden.

Ich ging zum Heck des Dampfers, wo »Likes«-Jäger ihre mitgebrachten Wakeboards bereit machten. Begleitet wurden sie von ihren Freundinnen, die ihre Handykameras einschalteten. Der erste, ein gewisser Rüdiger, stieg auf sein Brett, ohne dass seine Kamerafrau schussbereit war. Sie tappte auf ihrem Handy herum und sagte »einen Moment noch«, doch da war ihr Held schon ins Wasser gefallen.

»Was für'n Pech«, heuchelte eine Social Media-Konkurrentin.

Dann stieg ein gewisser Frankie auf sein Brett. Wie man sehen konnte, war er ein Profi. Ohne Mühe balancierte er auf dem wackeligen Board und begann die Figuren abzuarbeiten, die ihm seine Kamerafrau ansagte.

»Jetzt umdrehen«, sagte sie, »gut so.«

Er tat, wie ihm geheißen.

»Schön hinter dem Rücken umgreifen ... das machst du super.«

Der Wakeboarder sonnte sich in seinem Ruhm.

»Jetzt auf einem Bein.«

Überraschenderweise bekam der Profi jetzt Bammel.

»Meinst du wirklich, Gabi?«

»Aber ja, Frankie, das schaffst du.«

Er hob vorsichtig das linke Bein und surfte tatsächlich auf dem rechten. Beifall brandete auf.

Eine Zuschauerin spottete: »Jetzt ein Salto, Frankie.«

Alle lachten.

Eine andere witzelte: »Und jetzt ein dreifacher Rittberger, das schaffst du schon, Frankie.«

Wieder erntete er Gelächter. Und so kam es, wie es kommen musste: Der arme Frankie fiel ins Wasser. Doch die Szene war im Kasten, wie seine Kamerafrau zufrieden feststellte.

Plötzlich deutete ein Passagier nach oben und sagte: »Hey, da ist eine Drohne.«

Wir schauten hoch und sahen einen Quadrocopter mit einer Filmkamera über dem Partyboot schweben.

Ein anderer meinte: »Die ist vom Veranstalter, die Bootsparty kann man streamen.«

»Los, geh mal die auf Homepage der Chiemsee Schifffahrt«, sagte jemand zu seiner Freundin. Und kurz darauf winkten einige Partybesucher nach oben und schrien sich die Seele aus dem Leib. Sie riefen ihre Namen und die Namen ihrer Freunde, die sie grüßten wollten, doch im allgemeinen Geschrei konnte man gar nichts verstehen.

Da kam eine Möwe geflogen und griff die Drohne an.

»Ksch, ksch,« riefen sie, »hau ab, du blödes Vieh!«

Doch die Möwe dachte gar nicht daran. Sie schnappte mit dem Schnabel nach dem Quadrocopter und brachte ihn aus dem Gleichgewicht.

»Mist«, sagte ein Mädchen, »jetzt war ich so schön im Bild.«

Ein Passagier stellte seinen Rucksack ab und holte aus ihm eine Feuerwerksrakete hervor.

»Gute Idee«, sagte ein Mädchen, »zeig's diesem Mistvieh!«

Der Feuerwerker steckte die Rakete in eine leere Weinflasche und zielte auf das Federvieh. Dann zündete er die

Zündschnur an und kurz darauf zischte die Rakete los … Sie flog haarscharf an der Möwe vorbei und explodierte zwanzig Meter über der Drohne in allen Regenbogenfarben. Das Partyvolk jubelte, doch die Möwe ließ sich von derlei Aktionen nicht beeindrucken. Sie setzte ihre Attacken fort und hieb solange auf den Quadrocopter ein, bis er schließlich wie ein UFO abstürzte und auf dem Wasser aufschlug. Er schwamm dort eine Weile und ging dann langsam unter, was das Partyvolk zornig machte.

Ein Mädel rief zur Möwe: »Du bist ja nur neidisch, weil du keinen eigenen Youtube-Kanal hast!«

»Das wird's wohl sein«, sagte schmunzelnd ein älterer Herr.

Ich ging zum Hauptdeck und schloss mich einer Gruppe Partybesucher an, die angestrengt in die Ferne blickten.

Eine ältliche Frau sagte: »Dort muss es sein.«

Ich schaute in die besagte Richtung, konnte aber in der Schwärze der Nacht nichts erkennen. Allmählich jedoch tauchte aus dem Dunkel die Silhouette eines Schlosses auf. Das muss Schloss Herrenchiemsee sein, dachte ich. Vor dem Schlosskomplex standen Zelte und brannten Fackeln, anscheinend fand hier ein offizieller Empfang statt.

Die ältliche Frau sagte zu ihrer Freundin: »Dort veranstaltet die bayerische Staatsregierung mal wieder ein Festbankett.«

»Wahrscheinlich zu Ehren eines Scheichs oder Moguls.«

»Schade eigentlich, dass König Ludwig II. nicht im Chiemsee ertrunken ist.«

»Wieso?«, wollte die andere wissen.

»Dann könnte er sein prächtiges Schloss aus der Ferne betrachten.«

»Ach so, deshalb«, sagte sie lachend.

»Er soll ja manchmal imaginäre Gäste empfangen haben: Zum Beispiel den Sonnenkönig und seine Geliebte Marquise de Montespan.«

»Wahrscheinlich haben dann die Diener die Rollen gesprochen.«

»Ja, die müssen aber gut Französisch gekonnt haben. Wenn sie mit schwerem Bayerisch geredet hätten ...«

Die beiden lachten lauthals.

Die erste sagte daraufhin: »Ich hätte meine Hochzeit gerne in der Spiegelgalerie gefeiert, aber die Bayerische Schlösserverwaltung hat meine Anfrage abgelehnt.«

»Ist auch besser so«, sagte die andere, »was bei deiner Hochzeit alles zu Bruch gegangen ist.«

Wieder lachten beide herzhaft.

Der Feuerwerker holte nun eine weitere Rakete aus seinem Rucksack und steckte sie in die Weinflasche. Dieses Mal zielte er auf den Promiauflauf vor Schloss Herrenchiemsee. Als die Rakete in schillernden Farben über die Festgäste explodierte, rannten die Bodyguards zum Ufer und spähten mit Feldstechern in unsere Richtung. Der DJ machte daraufhin folgende Durchsage: »Hey Leute, macht keinen Scheiß und lasst die Leute von Herrenchiemsee in Ruhe. Wenn ihr nicht aufhört, dann verlieren wir die Lizenz für unser Partyboot.«

Ein enttäuschtes »Ohhh« entfuhr dem Partyvolk. Der Pyrotechniker indes ließ sich davon nicht beeindrucken. Er brachte eine weitere Rakete in Stellung, entzündete die Lunte und eine bunte Leuchtkugel entfaltete sich über der Festgesellschaft auf der Insel. Die Feiernden jubelten, eine Frau kreischte: »Da habt ihr's, ihr Bonzen!«

Jetzt nahm die Wasserwacht Kurs auf uns und sagte dröhnend per Megafon:»Stellen Sie bitte das Feuer ein oder wir beenden die Ausflugsfahrt!«

Das Partyvolk murrte:»Spaßbremsen! Spielverderber!«

Ein Mann schrie:»Dann geht doch zum Lachen in den Keller!«

Der Kapitän war inzwischen zur Steuerbordseite geeilt und stellte den»Attentäter« zur Rede. Dieser verschloss daraufhin seinen Rucksack und zog ab. Der Kapitän winkte der Wasserwacht mit seinem Käppi zu, worauf diese abdrehte.

Dann ging der Kapitän zum Vordeck, wo er von seinen Kumpels empfangen wurde. Einer sagte:»Los, Toni, zeig uns deine Bräute.«

Das ließ sich der erfahrene Seebär nicht zweimal sagen. Er zeigte seinen rechten Unterarm vor und sagte voller Stolz:»Das ist Mai Ling aus Hongkong.« Er pfiff durch die Zähne:»Was die mit mir angestellt hat …«

Dann schob er den kurzen Ärmel seines weißen Hemds nach oben und entblößte den rechten Oberarm:»Asami aus Tokyo, eine geile Geisha.«

Jetzt war der linke Arm an der Reihe.»Hier«, er deutete auf den linken Unterarm,»Geertruida aus Rotterdam, mit allen Wassern gewaschen. Und hier«, er machte den rechten Oberarm frei,»Josefina aus Acapulco, scharf wie Chili.«

Er begann zu grinsen:»Aber jetzt, meine Herren, jetzt kommt die Allerbeste.«

Er öffnete sein weißes Hemd und machte den Blick frei auf ein großes Tattoo auf seiner Brust:»Shanghai-Lissy!«

Das Gesicht kam mir bekannt vor. Es entsprach genau der Fotografie in seiner Kajüte.

Der Seefelder Toni fuhr fort:»Das war eine Frau, ein Herz so groß wie ein Walfisch!«

»Ja, deshalb hatten auch ein Dutzend Matrosen darin Platz«, sagte einer lachend.

Der Toni machte eine wegwerfende Handbewegung und sagte: »Lacht nur, die Lissy war die schönste Frau der Welt.«

Ein anderer meinte: »Das Tattoo ist doch sicher geschönt, wahrscheinlich war sie eine abgefuckte Schabracke.«

Wieder lachten alle.

»Kein bisschen«, verteidigte der Toni seine große Liebe.

Ich ahnte, wohin das führte und machte mich sofort auf den Weg zur Kapitänskajüte. Ich klopfte und sagte: »Lysander, mach auf, hier ist der Jimmy.«

Lysander öffnete die Tür. Ich sagte hastig: »Der Kapitän wird gleich kommen, ihr müsst verschwinden!«

»Nein«, sagte Jasmin, »ich bin gerade so schön im Flow.«

»Den musst du eben unterbrechen.«

Da hörte ich schon den Kapitän singen: »Shanghai-Lissy …«

Ich konnte gerade noch die Tür hinter mir schließen und zusperren, da klickte sein Schlüssel im Schloss. Ich hielt instinktiv die Klinke nach oben und der Kapitän drückte nach unten. Er murrte: »Blöde Tür, schon wieder verklemmt.«

Nun entbrannte ein Wettkampf um die Türklinke. Er drückte mit aller Kraft nach unten und ich zog sie hoch. Und gottlob konnte ich eine Weile seiner Kraftanstrengung Paroli bieten.

Schließlich gelang es mir, seinen Schlüssel aus dem Schloss zu schieben und die Tür abzusperren. Dann ließ ich die Klinke los. Er drückte sie nach unten und stemmte sich gegen die Tür, doch sie öffnete sich nicht.

»Hab ich die Tür zweimal abgesperrt?«, fragte er sich. Und schon fuhr er mit dem Schlüssel ins Schloss.

In meiner Not wollte ich das Foto schon durch den Türspalt hinausreichen … doch dafür war der Kapitän nicht betrunken genug. So besann ich mich eines Besseren. Ich stammelte gepresst zu den Malern: »Los, raus durchs Fenster!«

Jasmin sah die Brisanz der Situation ein und legte Pinsel und Palette weg. Dann sprang sie behänd wie eine Gazelle durchs Fenster und landete mit einem Platsch im Wasser. Lysander hingegen war von dieser Lösung gar nicht angetan. Er flüsterte: »Geht's nicht anders?«

»Wie denn?« zischte ich.

Als der Kapitän das Schloss erneut aufgesperrt hatte und wir wieder um die Wette drückten, lief ich zu Lysander und stieß ihn durchs Fenster – ich sprang hinterher … Das kalte Wasser versetzte mir einen Schock und nahm mir Luft. Doch nach einigen Augenblicken erholte ich mich wieder. Lysander hatte weniger Glück: Er wurde vom Schaufelrad erfasst und in den Radkasten gedreht. Ein Schrei gellte durch die Nacht – Jasmin rief: »Um Gottes willen.«

Dann war Lysander nicht mehr zu sehen. Wenige Augenblicke später wurde er vom Schaufelrad nach oben gezogen – nur um schreiend wieder unter Wasser gezerrt zu werden. Das ging einige Male so. Beim fünften Schrei wurde er hinten rausgeschleudert und versank in den Fluten. Jasmin schwamm zu ihm, tauchte unter und holte ihn wieder an die Oberfläche. Er spuckte Wasser aus und holte tief Luft.

Jasmin fragte: »Ist dir was passiert?«

Lysander antwortete prustend: »Poseidon hat mich gepackt.«

»Aber eine Meerjungfrau hat dich seinem Dreizack entrissen.«

Nachdem sich beide etwas erholt hatten, sagte ich vorwurfsvoll: »Mit euch macht man was mit.«

Jasmin entgegnete: »Die Wonnen der Kunst bekommt man nicht geschenkt. Dafür muss man Opfer bringen.«

Und beide Maler lächelten glücklich.

Da schwammen wir also … mitten im See … Ich blickte dem davonfahrenden, hell erleuchteten Raddampfer hinterher und staunte: Die Lichtergirlanden spiegelten sich im Wasser und ergaben ein farbenfrohes Gefunkel. Unwillkürlich musste ich an die impressionistischen, farbenfrohen Bilder von Auguste Renoir denken und insgeheim bedauerte ich, dass Lysander und Jasmin dieses faszinierende Motiv nicht auf Leinwand bannen konnten.

Nach einer Weile wurden Lichter des Partybootes immer schwächer und Töne immer leiser. Und schließlich verschwand beides im Dunkel der Nacht.

Zurück blieben die beiden Maler und ich – mitten auf dem Chiemsee, mitten in der Nacht. Man hörte das Plätschern der Wellen und das Gekreisch der Wasservögel um uns herum. Ein wirkliches Idyll, dachte ich, wenn wir uns nur *auf* dem Wasser befänden, und nicht *darin*.

Als ich nach oben blickte, musste ich lächeln. Denn die schmale Mondsichel überstrahlte die Szenerie. Mir fiel ein passendes Lied von Matthias Claudius ein, das ich sogleich trällerte:

Der Mond ist aufgegangen,
die goldnen Sternlein prangen
am Himmel hell und klar.
Der Wald steht schwarz und schweiget,
und aus den Wiesen steiget
der weiße Nebel wunderbar.

Lysander war für derlei romantische Anwandlungen nicht empfänglich. Er murrte: »Hör auf, ich finde das gar nicht komisch.«

Ich ließ mich davon nicht abbringen und sang weiter:

Wie ist die Welt so stille,

und in der Dämmrung Hülle

so traulich und so hold!

Als eine stille Kammer,

wo ihr des Tages Jammer

verschlafen und vergessen sollt.

Lysander stöhnte:»Ich kann nicht mehr. Mir geht die Puste aus.«

Jasmin sagte:»Moment, ich hab eine Idee.«

Sie nahm aus ihrer Umhängetasche einen Gummihandschuh, blies ihn auf und verschloss ihn mit einem Knoten. Mit einem zweiten verfuhr sie in der gleichen Weise. Anschließend klemmte sie beide Handschuhe wie Schwimmhilfen unter Lysanders Achseln.

Der sagte erleichtert:»Jetzt bekomm ich wieder Luft.«

Jasmin wiederholte die Prozedur für mich und sich selbst und so besserte sich auch unsere Situation.

Jasmin fragte:»Können wir irgendwie Hilfe holen?«

Ich antwortete:»Wenn dein Handy funktioniert …«

Sie holte ihr Handy hervor und stellte enttäuscht fest, dass es außer Betrieb war. Meines funktionierte auch nicht mehr.

Da hörte ich in der Ferne einen Motor röhren. Ich blickte zur Seite und sah ein Motorboot auf uns zurasen. Wir winkten und schrien, doch der Bootsfahrer bremste nicht. Da er direkt auf uns zuhielt, tauchten wir ab und er sauste über uns hinweg. Als wir wieder auftauchten, schrie Jasmin:»Vollidiot!«

Ich sagte:»Das ist sicher ein Fischer.«

Lysander meinte:»Den müsste man anzeigen.«

»Einen Alkoholtest würde er wohl kaum bestehen«, sagte ich lachend.

Da er uns nicht bemerkt hatte, blieb uns nichts anderes übrig, als weiterzuschwimmen.

Nach einer Weile hörte ich Gitarrenmusik und jemand singen.

»Pst«, sagte ich, »ich höre was.«

Ich lauschte, doch es war wieder weg.

»Anscheinend habe ich mich getäuscht«, sagte ich deprimiert.

Einige Sekunden vergingen, dann hörte ich ein Kichern und Glucksen. Und nun konnte ich eine Melodie ausmachen. Jemand sang: »In meiner Badewanne bin ich Kapitän.«

Ich rief: »Hallo? Ist da jemand?«

Nun sah ich ein Ruderboot mit zwei Ruderbänken in einiger Entfernung fahren. An Bord war ein munteres Völkchen mit Bierflaschen in den Händen. Sie kicherten unablässig und eine Männerstimme sang den Schlager.

Lysander rief mit zitternder Stimme: »Mayday! Mayday!«

Der Gesang verstummte und eine Frauenstimme mit einem hohen Timbre fragte: »Habt ihr das gehört?«

»Vielleicht ein Seeungeheuer?«, sagte eine andere Frau.

»Etwa der große Wels?«

»Er will uns Jungfrauen in eine Falle locken.«

»Wo ist hier eine Jungfrau?«, fragte lachend ein Mann.

Die Frau mit der hohen Stimme sagte: »Aber wir sind nicht von gestern.«

Die andere sagte: »Ich werde nicht die Braut des großen Welses!«

Alle kicherten lauthals.

Lysander rief erneut: »Mayday! Mayday!«

»Nein«, sagte die Frau mit der Harfenstimme, »darauf fallen wir nicht herein.«

Jetzt sagte ich: »So ein Quatsch, würde ein Wels ›Mayday‹ rufen?«

Die andere sagte: »Die Seeungeheuer gehen auch mit der Zeit, da muss man vorsichtig sein.«

Wieder gackerten sie los.

»Okay«, sagte ich, »würde ein Monsterwels wissen, wie der FC Bayern letzten Samstag gespielt hat?«

Ein Mann sagte: »Vermutlich nicht.«

»Also, die Bayern haben gegen Leverkusen 3:1 gewonnen.«

»Stimmt«, sagte er.

Die andere Frau sagte: »Aber vielleicht hat der große Wels einen Fernseher?«

»Im Wasser?«, fragte ich.

»Was weiß ich? Bei den Seeungeheuern weiß man das nie so genau.«

Ich sagte genervt: »Jetzt hört auf mit dem Blödsinn und zieht uns heraus.«

Jetzt schrie Jasmin: »Hilfe!«

Die Frau mit der Sopranstimme sagte: »Da schreit eine Frau.«

Die andere meinte: »Die will auch nicht die Braut des Welses werden ... Los, wir müssen ihr helfen.«

Endlich änderten sie den Kurs und fuhren auf uns zu. Als sie uns sahen, fragte die Frau mit der Falsettstimme: »Na, ihr wackeren Ritter, wohin des Weges?«

Ich antwortete: »Nach Avalon!«

»Zu König Artus?«

»Genau.«

»Da seid ihr falsch, ihr müsst Richtung Norden.«

Wieder kicherten sie.

Jasmin sagte: »Wir haben Schiffbruch erlitten.«

»Ach, so ...«

Sie fuhren nun dicht an uns heran und zogen uns nacheinander ins Ruderboot. Wir waren völlig fertig und lagen wie drei gestrandete Wale auf dem Boden des Bootes.

Jemand fragte: »Wie ist denn das passiert?«

Jasmin antwortete: »Wir sind vom Partyboot gefallen.«

Alle lachten.

»Wohl zu viel getrunken?«, wollte die Frau mit der hohen Stimme wissen.

Lysander antwortete ärgerlich: »Nein, ein Grobian hat mich über die Reling gestoßen.«

Und er warf mir einen bösen Blick zu.

Jasmin ergänzte: »Und ich bin hinterhergesprungen, um meinen Bekannten zu retten.«

Ich sagte: »Und ich bin ins Wasser gesprungen, um alle beide zu retten.«

Allgemeines Gelächter war die Reaktion.

Dann fragte ich: »Und wohin seid ihr unterwegs?«

Der Mann mit der Gitarre sagte: »Wir fahren zu einer Party in der Nähe von Gstadt. Wenn ihr wollt, könnt ihr mitkommen.«

»Nein, danke«, wehrte Jasmin ab, »für heute habe ich genug von Partys.«

Sie ruderten weiter und sangen die nächste Strophe des Badewannen-Songs.

Nach einer Weile erreichten wir das Ufer und wir gingen an Land. Wir bedankten uns beim Partyvölkchen für die Seenotrettung und spazierten Richtung Gstadt, das etwa einen Kilometer entfernt war. Dort wollten wir ein Taxi nach München nehmen.

Da eine frische Brise wehte, zogen Lysander und ich uns bis auf die Unterhose aus und wrangen das Wasser aus unseren Kleidern. Plötzlich fuhr ein Polizeiauto mit offenem Seitenfenster neben uns her. Jasmin hatte sie schon früher gesehen und sich in ein Gebüsch geflüchtet.

Der Polizist sagte mit girrender Stimme:»Da sind wohl zwei Postillon d'Amours unterwegs.«

Lysander brummelte:»Sehr witzig.«

Der Polizist fuhr fort:»Na, mal sehen, ob unsere beiden Amoretten etwas getrunken haben.«

Lysander zischte:»Sehen Sie hier irgendwo Flügel?«

»Och, der kleine Adonis ist angesäuert.«

Ich sagte:»Ruhig, Lysander, ganz ruhig.«

Zum Polizisten sagte ich:»Verzeihen Sie unsere komische Aufmachung, wir haben auf dem See Schiffbruch erlitten. Unsere Sachen sind völlig durchnässt und deshalb wollen wir sie trocknen. Könnten wir die Alkoholkontrolle bitte schnell hinter uns bringen?«

Der Polizist hatte ein Einsehen und sagte:»Bitte ziehen Sie wenigstens was drüber.«

Ich stimme zu und so fuhren sie weiter.

Wir zogen unsere Kleider wieder an und setzen unseren Fußmarsch fort. Lysander und Jasmin hielten Händchen und strahlten vor Glück.

Jasmin sagte zu Lysander:»Die Mohnblume, die du auf dem Heuschober gemalt hast –«

»– die habe ich dir symbolisch geschenkt.«

Sie gab ihm ein Küsschen auf die Wange und beide sahen sich verliebt an.

Ich sagte:»Ich kann nur hoffen, dass der Seefelder Toni die Polizei nicht einschaltet.«

Jasmin meinte:»Ach, die Änderung wird ihm bestimmt gefallen. In einen sommerlichen Heuhaufen gehört eben ein Liebespaar, das ist ein urbayerisches Motiv.«

Lysander bemerkte: »Das wird ihn sicherlich an seine Jugendliebe erinnern.«

Ich sagte: »Euer Wort in Gottes Ohr.«

Nach einigen Minuten erreichten wir Gstadt und nahmen ein Taxi nach München.

KAPITEL 11

Nächsten Dienstag holte ich die dritte Aktzeichnung von Marisa ab. Beim Fußmarsch zu ihrer Wohnung dachte ich mir, wenn alle Männer für ein bisschen Sex eine Aktzeichnung vorweisen müssten, wäre die Menschheit längst ausgestorben. Beziehungsweise nur Maler hätten sich fortgepflanzt.

Als ich bei ihr klingelte, sagte sie an der Wechselsprechanlage, dass sie Besuch hätte und sie die Wohnungstür angelehnt lassen würde. Ich stapfte also die Treppe hoch und betrat die Wohnung. Im Salon konnte ich sie mit einem Mann feilschen hören; es musste sich wohl um einen Kunsthändler handeln.

Er sagte flehend: »Frau Helmbrecht, machen Sie mir doch die Freude. Meine Frau ist ein großer Fan von Ihnen und ich möchte ihr das Bild zum Geburtstag schenken.«

Marisa entgegnete: »Ich habe das Bild aber schon Herrn Seifferditz versprochen.«

»Seifferditz? Diesem Scharlatan?«

Marisa brummte: »Mhm.«

»Das ist doch nur ein selbsternannter Kunstkritiker, der von Kunst keine Ahnung hat.«

»Tatsächlich?«, fragte Marisa.

»Natürlich! Der will Ihr Gemälde doch nur als Spekulationsobjekt verwenden.«

»Und Sie nicht?«

»Gott bewahre, nein!«, beteuerte der Kunsthändler. »Ich will meine Frau damit beglücken. Sie soll sich täglich daran erfreuen. Sie hat doch sonst nicht viel zu lachen. Ähm, ich meine, sie hat manchmal so depressive Phasen …«

»Und deshalb braucht sie ein Antidepressivum?«

»Sie haben den Nagel auf den Kopf getroffen. Ich bitte Sie also inständig: Verkaufen Sie mir das Bild!«

»Na gut, weil Sie es sind: 15.000!«

Er schnappte nach Luft, fasste sich dann aber gleich wieder. Er kalkulierte wohl den Profit, den er nach dem zu erwartenden Tod der Malerin machen würde. Nach einer Weile begann er zu lächeln und sagte: »Einverstanden.«

Er zückte sein Scheckheft, doch Marisa sagte streng: »Nur Bargeld!«

»Wenn Sie meinen.«

Er stellte seinen Businesskoffer auf einen Tisch und öffnete ihn. Wie ich sehen konnte, war er rammelvoll mit Geldscheinen. Das mussten an die 100.000 Euro sein. Als Marisa das sah, machte sie ein enttäuschtes Gesicht. Sie dachte wohl, zu wenig verlangt zu haben.

Er zählte 15.000 Euro ab und überreichte ihr das Geldbündel mit den Worten: »Sie sind eine harte Verhandlungspartnerin.«

»Das kommt durch das harte Schicksal, das mich ereilt hat«, antwortete Marisa mit gespieltem Ernst.

»Natürlich«, sagte er und räusperte sich verlegen.

Er schloss seinen Koffer und sagte zum Abschied: »Ich wünsche Ihnen eine gute Zeit.«

Wieder hüstelte er verlegen.

Nachdem er mit dem Bild unterm Arm gegangen war, betrat ich den Salon. Ich schwang scherzhaft den Zeigefinger und sagte: »Was habe ich dir geraten? Nicht gierig werden.«

»Ich weiß«, antwortete sie, »aber ich hätte gern ein neues Auto ... und ein neues Ballkleid von Chanel ... und eine Handtasche von Vuitton ...«

Ich unterbrach die Aufzählung ihrer Wunschliste: »Wenn du so weitermachst, nimmt das noch ein böses Ende.«

Sie zuckte nur mit den Schultern.

Dann sagte sie: »Ach so, dein Akt.«

Sie holte die Aktzeichnung aus einer Schublade und mir blieb die Spucke weg: Alina war traumhaft schön auf dem Bauch liegend gezeichnet mit einem neckischen Po im Hintergrund …

»Übrigens«, sagte Marisa, »du sollst Lysander anrufen.«

KAPITEL 12

Am nächsten Nachmittag traf ich mich mit Lysander im Café Tambosi am Odeonsplatz. Überraschenderweise lud er mich ein, das verhieß nichts Gutes. Er druckste herum, dass das Leben als Künstler ja so beschwerlich sei ... dass es so viele Sachzwänge gebe ...

Ich sagte trocken: »Raus mit der Sprache!«

»Nun ja, es hat kürzlich einen schönen Moment in meinem Künstlerleben gegeben.«

Ich sagte: »Du hast ›Platons Akademie‹ zurückgekauft.«

»Ja. Aber ich habe auch ein Bild verkauft!«

Ich fragte ihn: »Hast du dir das Zugangsrecht gesichert?«

»Ging nicht, der Käufer war dazu nicht bereit.«

»Wie viel?«, fragte ich.

»Was ›Wie viel?‹«

»Wie viel hast du dafür bekommen?«

»300 Euro!«

»Für läppische 300 Euro soll ich einbrechen? Wieso machst du es nicht wie Marisa und verlangst 10.000 Euro? Da rentiert es sich wenigstens.«

»Den Todkranken zu spielen bring ich nicht übers Herz ... Marisa ist da robuster.«

»Das nimmt ja nie ein Ende«, lamentierte ich. Doch als ich an die nächste Malsitzung mit Alina dachte ...

»Okay. Wie heißt es und wo hängt es?«

»Es heißt ›Villa Massimo‹ und hängt bei Familie Sulzbach in Bogenhausen.«

»Hast du schon ...?«

Er nickte – das war zu erwarten gewesen. Der Käufer hatte eine nachträgliche Änderung abgelehnt.

Lysander gab mir die Adresse und ich machte mich dorthin auf den Weg.

Unterwegs rief ich per Handy Alina an, um die nächste Malsitzung zu vereinbaren. Sie sagte, sie habe erst übernächste Woche Zeit, so verabredeten wir uns übernächsten Donnerstag um 20 Uhr im Atelier.

Das Haus der Sulzbachs stellte sich als ein Herrenhaus aus der Kaiserzeit heraus. Es war eingebettet in einen kleinen Park und mit einem großen Portal versehen. Wie bei Siepmanns fragte ich mich, wie ein billiges Gemälde eines gänzlich unbekannten Malers in eine herrschaftliche Villa gelangen konnte.

Vor dem Hauptportal sprach eine Frau mittleren Alters mit einem etwa 16-jährigen Jungen. Die haben also Kinder, dachte ich, das ist ungünstig.

Der Junge sagte zu seiner Mutter: »Ich fahre zum Denninger Anger.«

»Pass auf die Autos auf, Tobi«, ermahnte sie ihn.

Er heißt also Tobi, murmelte ich. Und er fährt in einen Park. Das könnte eine gute Gelegenheit sein, mehr über die Gewohnheiten der Sulzbachs herauszufinden. Doch leider benutzte er ein Skateboard. So schnell konnte ich nicht laufen.

Ich fuhr also mit dem Bus zum besagten Park und hielt nach Tobi Ausschau. Und ich hatte Glück: Er saß auf einer Parkbank hinter einer Hecke. Ideal, um ihn zu belauschen. Wie ich hören konnte, telefonierte er gerade mit seinem Vater: »Aber Vati, ich hab's dir schon tausend Mal gesagt, ich hab keinen Bock auf die Villa Massimo! Besonders nicht in den Ferien, da will ich eine Interrail-Tour durch Europa machen. – Aber Vati, nur weil du damals abgelehnt worden bist, soll ich jetzt dort studieren? Das ist doch idiotisch! – Mich interessiert Lyrik eben nicht, geht das nicht in deinen Kopf? – Ich möchte Computerspiele programmieren. – Ein Ego-Shooter-Spiel über Dichter? Spinnst du? Was soll der Held denn machen? Soll er einen Drachen totlabern oder was? Da geht's ums Ballern! – Nein, nicht um die Walhalla! Ba-ll-ern. Bang, Puff, Zoing, Baff! – Na und? Wenn's Spaß macht.«

Er legte auf.

Danach telefonierte er mit einer gewissen Sofia: »Ich würde gerne mit dir eine Interrail-Tour durch Europa machen, aber mein Vater will mir ein Stipendium in der Villa Massimo in Rom vermitteln. – Ja, davon lässt er sich nicht abbringen. Total verbohrt. – Wenn wir Pech haben, können wir uns ein halbes Jahr nicht sehen. – Ich weiß, das ist furchtbar.«

Anschließend telefonierte er mit einem Kumpel: »Nein, ich bin bisher bei Sofia nicht zum Zug gekommen, ich bin einfach zu schüchtern. – Vielleicht auf einer Interrail-Tour. Wenn mein Vater mir keinen Strich durch die Rechnung macht.«

Nachdem er aufgelegt hatte, trat ich hinter der Hecke hervor und sagte zu ihm: »Die Villa Massimo kannste vergessen. Ich hab schon einiges davon gehört – das ist die Hölle!«

»Sie kennen die Villa Massimo?«

»Natürlich, die hat einen Ruf wie Donnerhall! Vor dem Frühstück ist Gymnastik angesagt, mit einer ehemaligen Olympionikin, die macht alle fertig.«

»Wo ich doch ein Morgenmuffel bin«, seufzte er.

»Völlig geschafft schlurfen die Insassen dann zum Frühstück. Und da gibt's nur Müsli und Körnerfraß.«

»Igittigitt!«

»Und dann musst du dichten. Den ganzen Tag musst du Reime schmieden. Und abends musst du immer etwas abliefern, totaler Stress.«

»Oh mein Gott!«

»Und das Publikum ist beinhart. Wenn dir nichts Gescheites eingefallen ist, wirst du zur Sau gemacht. Die schmeißen Sachen nach dir. Also gleich Protektoren mitnehmen wie beim Eishockey.«

»Um Himmels willen!«, stieß er aus.

»Und abends ist dann gemeinsames Singen angesagt, Hirtenlieder zur Panflöte.«

»Das ist ja grauenvoll!«

»Aber ich könnte dir helfen ...«

Er blickte mich von der Seite an: »Verzeihen Sie die Frage, sind Sie schwul?«

»Nein«, antwortete ich, »ich bin ein Passepartout.«

»Ist das was Perverses?«

»Nein, das ist ein Generalschlüssel.«

Ich erläuterte ihm den komplizierten Sachverhalt: »Dein Vater hat kürzlich ein Bild bekauft, es zeigt die doofe Villa Massimo. Und der Maler hat einen Tick. Er kann seine Bilder erst nach dem Verkauf fertigstellen. Dein Vater hat es ihm aber nicht erlaubt. Deshalb hat er mich gebeten, ihm heimlich Zugang zum Bild zu verschaffen.«

»Sie sind mir also gefolgt?«

Ich sagte schmunzelnd: »Ich sehe schon, dir kann man nichts vormachen.«

Er lachte auf.

Ich fuhr fort: »Also, wir treffen eine Vereinbarung: Ich helfe dir, dass dein Vater die fixe Idee von der Villa Massimo fallen lässt und du hilfst mir ein bisschen ...«

Er sah mich misstrauisch an.

»Nein«, sagte ich, »ich bin kein Einbrecher, es geht nur um das Bild. Du kannst es mir glauben, euer Haus interessiert mich nicht.«

Ich streckte ihm meine rechte Hand hin: »Übrigens, ich bin der Jimmy.«

Er gab mir die Hand und wir waren per Du.

Danach erläuterte ich ihm meinen Plan: »Also, ich fälsche eine Einladung der Villa Massimo und du wirst sie deinem Vater aushändigen.«

Ich fragte ihn: »Hat dein Vater dieses Wochenende schon was vor?«

»So viel ich weiß, nicht.«

»Gut, dann gilt die Einladung für dieses Wochenende, Samstag und Sonntag.«

Weiter fragte ich ihn: »Wie wird er wohl reagieren, wenn er eine kurzfristige Einladung nach Rom bekommt?«

»Er wird ausflippen vor Freude, darauf wartet er schon seit Jahren.«

»Wunderbar«, sagte ich. »Ihr fliegt nach Rom, dein Vater wird dort eine Abfuhr bekommen, weil er ja nicht wirklich eingeladen wurde, und er wird dann so sauer sein, dass er nie wieder von der blöden Villa reden wird.«

»Und inzwischen übermalt der seltsame Maler das Bild«, fügte er hinzu.

Ich sagte: »Das ist alles; euer Haus wird nicht angerührt.«

Er sah mich zweifelnd an: »Ich weiß nicht, das ist etwas heftig.«

Na gut, dachte ich mir, dann muss ich eben ein schwereres Geschütz auffahren.

Ich sagte: »Ich könnte dir helfen, bei Sofia zum Zug zu kommen, wie du es genannt hast.«

»Bitte?«

»Was hilft eine Interrail-Tour, wenn man zu schüchtern ist ...?«

Er machte ein trauriges Gesicht.

Ich fuhr fort: »Was würdest du sagen, wenn ich dir helfe, deine Sofia zu erobern?«

Seine Augen funkelten vor Begeisterung.

Ich erläuterte: »Alle Frauen stehen auf Maler, besonders, wenn sie ihre Figur schöner darstellen, als sie ist. Ich könnte da was vermitteln.«

»Sofia soll sich malen lassen?«, fragte er.

»Ja, von dir!«

»Von mir? Ich kann doch gar nicht malen.«

»Das weiß Sofia aber nicht. Jemand anderes wird für dich malen, sie heißt Marisa, und du erntest den Lohn.«

Diese Aussicht zauberte pure Begeisterung auf sein Gesicht.

Ich fragte ihn: »Hast du ein Bikini-Foto von ihr?«

»Ja, gleich mehrere.«

»Gut, ich leite eines an Marisa weiter, die erstellt damit eine geschönte Aktzeichnung. Und dann lädst du Sofia ein – ins Atelier!«

»In mein Zimmer?«, fragte er.

»Nein, ins Atelier des Malers, der sein Bild korrigiere möchte. Lysander heißt er.«

»Aber wie soll das funktionieren?«

»Du klebst einfach ein leeres Blatt Papier auf die Aktzeichnung und kritzelst darauf herum. Und wenn sie es sehen will, ziehst du's einfach herunter und voilà – der Akt ist fertig.«

»Genial!«

»Und sie wird sich sicherlich bei dir bedanken wollen ... und weil sie ja spärlich bekleidet ist ...«

»Was heißt spärlich, sie wird nackt sein«, sagte er strahlend und streckte mir die rechte Hand entgegen:»Abgemacht!«

Ich schlug ein und fragte ihn:»Wann kommt dein Vater von der Arbeit nach Hause?«

»So gegen fünf.«

»Gut, ich werde morgen kurz vor fünf vor eurem Haus stehen und dich anrufen. Dann nimmst du die Einladung entgegen und gibst sie deinem Vater. Ich rufe deinen Vater fünf Minuten später an und kläre die Details, damit er nicht mit Rom telefoniert.«

»Und wann habe ich meinen großen Auftritt als Maler?«, fragte er ungeduldig.

»Montagabend.«

Tobi war einverstanden und wir tauschten unsere Handynummern aus.

Ich sagte:»Ach, übrigens: Wir werden Samstagnacht euer Haus besuchen.«

Er blickte sorgenvoll.

Ich beteuerte:»Ich gebe dir mein Wort: Wir werden nichts stehlen!«

Das schien ihn nicht zu überzeugen.

So sagte ich:»Überleg mal: Würde ein Einbrecher vorher mit den Hausbewohnern den Einbruch besprechen?«

»Wohl kaum.«

»Eben. Du kannst unbesorgt sein.«

Zögerlich rückte er den Hausschlüssel heraus.

Ich sagte:»Du bekommst ihn am Freitagabend zurück. Da zeige ich dir Lysanders Atelier und natürlich die Aktzeichnung …«

Wenig später simste mir Tobi ein Bikini-Foto von seiner Flamme Sofia zu. Die war wirklich hübsch.

Ich leitete das Foto an Marisa weiter und erklärte ihr am Telefon die komplizierte Situation: »Es ist für Lysander, nicht für mich.«

Marisa sagte mir die Aktzeichnung für Montag zu.

Ich sagte: »Ich brauche sie am Freitag, sonst macht der Sohn nicht mit.«

Marisa wollte nicht so recht. So sagte ich: »Liebe Marisa, denk an dein neues Auto ... das neue Ballkleid von Chanel ... deine Handtasche von Vuitton ...«

Sie führte ihre Wunschliste fort: »... nicht zu vergessen die Versace-Pumps, der Gucci-Hut, der Prada-Rock ...«

Ich unterbrach die Aufzählung ihres Wunschzettels dieses Mal nicht. Und als ihr kein Markenartikel mehr einfiel, sagte ich: »Also, Freitag?«

»Okay.«

»Lysander wird die Aktzeichnung abholen.«

Nachdem ich in meine Wohnung zurückgekehrt war, widmete ich mich der fingierten Einladung. Um Informationen über die Villa Massimo zu bekommen, sah ich mir deren Homepage an. Von einem Stiftungsrat war da die Rede. Das ist es, schoss es mir durch den Kopf. Herrn Sulzbach wird die Beförderung in den Stiftungsrat der Villa Massimo in Aussicht gestellt. Das wird ihn nach Rom locken.

Den Briefkopf zu fälschen, war nicht schwer. Ich kopierte einfach das Emblem der Kulturstiftung von deren Website und bearbeitete es in Paint. Anschließend fügte ich es in ein Word-Dokument ein. Den Text hinzubekommen war jedoch etwas schwieriger. Ich radebrechte auf Italienisch dahin ... dann kam mir eine bessere Idee. Ich werde einfach mit Italienisch beginnen und dann aus Rücksicht auf die deutsche

Muttersprache von Herrn Sulzbach mit Deutsch weiterma-
chen. Das wird ihm schmeicheln. Ich schrieb also:
Caro signor Sulzbach,

è un mio grande piacere ... Sie in Kenntnis setzen zu dürfen, dass Sie in den Stiftungsrat der Villa Massimo gewählt
wurden. Hosianna!
Ich strich »Hosianna« und fuhr wie folgt fort:
Da die Mitglieder des Stiftungsrates sehr eng zusammenar-
beiten, wäre es wünschenswert, wenn Sie dieses Wochenende nach Rom kommen könnten, sodass wir uns etwas kennenlernen.
Ich möchte Sie und Ihre Familie also offiziell auf eine Stipp-
visite nach Rom zur Villa Massimo einladen!
Sie können selbstverständlich Samstag und Sonntag in den
großzügigen Räumlichkeiten der Villa Quartier nehmen ...
usw. usf.
Mit großer Vorfreude auf unser Treffen am Wochenende
verbleibe ich
mit vorzüglichsten Grüßen

Luigi Strontino
Direktor

Ich unterschrieb vorsichtshalber mit »Luigi Stronzo« und
gestaltete das »Stronzo« so ausgreifend, dass man es
schwer lesen konnte.
Als Telefonnummer gab ich die Handynummer meines alten
Prepaidhandys an, das ich vor langer Zeit gekauft hatte und
das keinen Bezug zu meiner Person zuließ.
Dann kuvertierte und frankierte ich den Brief. Zum Schluss
versah ich die Briefmarke mit einem alten Poststempel von

Rom, den ich mal auf einem Flohmarkt gekauft hatte. Damit war mein Werk vollbracht. Der Brief sah tatsächlich so aus, als wäre er von Rom nach München geflattert ...

Als nächstes fertigte ich in meiner kleinen Werkstatt eine Kopie des Hausschlüssels an. Auch das klappte prima. Dann kann ja nichts mehr schiefgehen, frohlockte ich.

Ich sollte mich täuschen ...

KAPITEL 13

Am Donnerstagnachmittag suchte im Internet einen Flug von München nach Rom. Die Billigflieger waren übers Wochenende ausgebucht; nur noch bei Lufthansa waren Plätze frei. Klar, dachte ich, wer will schon den dreifachen Preis bezahlen. Aber dieses Mal würde mir dieser Umstand in die Hände spielen. Und Herrn Sulzbach würde ich schon überzeugen können, mit einer teuren, aber sicheren Fluglinie zu reisen.

Der Flug mit den meisten freien Plätzen ging am Samstag um 13 Uhr – das passte perfekt, diesen Flug konnte ich Herrn Sulzbach vorschlagen.

Um 16 Uhr fuhr ich zur Villa Sulzbach nach Bogenhausen und übergab Tobi den Einladungsbrief; dann legte ich mich hinter einer Hecke auf die Lauer.

Pünktlich um 17 Uhr sah ich einen silbernen Mercedes die Garagenauffahrt hinaufschleichen. Das musste Herr Sulzbach sein. Nachdem er ausgestiegen war, klingelte mein Handy, es war Tobi. Ich nahm das Gespräch an und Tobi sagte: »Mein Vater ist da.«

»Okay«, antwortete ich, »jetzt möchte ich einen Oscarreifen Auftritt sehen.«

Tobi legte auf und stürmte auf seinen Vater zu. Mit gespielter Begeisterung wedelte er mit dem Brief herum. Für einen Laienschauspieler nicht schlecht, dachte ich und verfolgte weiter die Szene.

Sein Vater öffnete den Brief, las ihn und reckte die Arme in die Höhe! Dann gellte ein Jubelschrei übers Anwesen. Der

Vater umarmte seinen Sohn und beide lächelten vor Glück.

Ich murmelte:»And the Oscar goes to ... Tobi Sulzbach!«

Dann zückte ich mein Prepaidhandy und rief Herrn Sulzbach an.

Mit italienischem Akzent sagte ich:»Ciao, ich heiße Virgilio Silva, ich bin Privatsekretär des Direktors Luigi Strontino von der Villa Massimo in Rom –«

Herr Sulzbach ließ mich nicht ausreden:»Vielen Dank für die Einladung!«, schoss es aus ihm heraus. Dann begann er auf Italienisch den Direktor Strontino und den Stiftungsrat der Villa Massimo zu loben.

Ich verstand kein Wort und sagte:»Bene, bene, ich bin Deutsch-Italiener, sprechen wir doch auf Deutsch, da tun Sie sich leichter.«

»Entschuldigen Sie, ich weiß, dass mein Italienisch nicht das Beste ist.«

»Das macht doch nichts«, sagte ich,»man wird Sie schon verstehen.«

»Meinen Sie?«

»Aber natürlich, Ihr Italienisch ist ausgezeichnet.«

»Danke. Ich würde mich bei Direktor Strontino gern persönlich bedanken.«

Das hatte ich befürchtet. So sagte ich:»Herr Strontino ist momentan auf Kur und nicht erreichbar. Er leidet an einem Burn-out-Syndrom.«

»Das tut mir aber leid.«

»Mir nicht ... ähm ... mir auch«, fügte ich schnell hinzu.»Er hat mich aber beauftragt, mich um Sie zu kümmern. Wenden Sie sich also vertrauensvoll an mich, ich werde alle Formalitäten erledigen.«

»Wann soll ich denn kommen?« fragte Herr Sulzbach.

»Am besten nehmen Sie am Samstag die 13-Uhr-Maschine der Lufthansa, die ist nur halb voll.«

»Die ist aber teuer.«

»Ein künftiges Mitglied des Stiftungsrates sollte immer mit einer zuverlässigen Fluglinie reisen«, gab ich vor, »bedenken Sie doch, welche Verantwortung Sie künftig tragen werden.«

»Sie haben recht.«

»Also«, erläuterte ich die Reise: »Sie fliegen eine Stunde, dann sind sie um 14 Uhr in Rom und mit dem Taxi so gegen 15 Uhr bei der Villa. Ich werde der Rezeptionsdame Bescheid geben, dass Sie kommen. Sie wird Ihnen dann Ihre Dienstwohnung zeigen.«

»Wie groß?«

»Vier Zimmer«, behauptete ich, »zwei Schlafzimmer, ein Salon, und natürlich alles möbliert.«

»Wundervoll.«

»Also, wenn Sie Fragen haben, rufen Sie mich an.«

Er bedankte sich nochmal und legte auf.

Als Herr Sulzbach ins Haus ging, zeigte Tobi heimlich den aufgereckten Daumen in meine Richtung. Alles hatte geklappt.

KAPITEL 14

Am Freitagabend trafen Tobi, Lysander und ich uns in Lysanders Atelier. Als ich Tobi Lysander vorstellte, meinte der Junge: »Also Sie sind der seltsame –«

»– exaltierte Maler«, fiel ich ihm ins Wort.

Lysander sagte vorwurfsvoll zu mir: »Du hast ihn eingeweiht?«

»Musste ich ja. Was hätte ich sonst sagen sollen? Dass wir Innenarchitekten sind und die Villa Sulzbach nachts begutachten wollen?«

»Keine Angst«, sagte Tobi, »ich habe Verständnis für Ihren Spleen. Zumal ich dadurch bei Sofia zum Zug komme.«

»Wollt ihr euch nicht duzen?«, schlug ich vor, worauf sich beide die Hand gaben und sich beim Vornamen nannten.

Anschließend traten wir ins Innere des Ateliers. Wie ich und Alina zuvor war auch Tobi vom orientalischen Ambiente begeistert.

»Wow!«, sagte er, »das ist eine coole Bude.«

Lysander kredenzte uns Sekt und ich fragte Tobi, wie es um die Romreise der Familie Sulzbach bestellt sei. Dieser antwortete belustigt: »Mein Vater ist ganz aus dem Häuschen. Seit einem Tag stolziert er im Haus herum und hält Lobreden auf sich selbst: ›Kompetenz zahlt sich eben doch aus‹, wird er nicht müde zu wiederholen und ›die Villa Massimo ist erst der Anfang meines Siegeszuges durch die Kulturinstitute Italiens, es werden glorreiche Zeiten hereinbrechen‹.«

»Wenn der wüsste«, sagte ich.

Tobi fuhr fort: »Er hat seine Antrittsrede schon ausgearbeitet. Ich habe ihn in seinem Arbeitszimmer rezitieren hören: ›Signore e signori, è un grande onore per me …‹«

Lysander machte ein vorwurfsvolles Gesicht, worauf Tobi sagte: »Geschieht ihm recht! Seit ich eingeschult wurde, hat er mich mit der Villa Massimo genervt: Ich müsse unbedingt dort studieren, ich würde dort mein Erweckungserlebnis haben, der Beginn einer großen Künstlerkarriere bla, bla, bla.«

Ich lachte auf und sagte: »Es scheint, dass du dein Erweckungserlebnis hier haben wirst.«

Tobi wehrte ab: »Ich spiele den Maler nur wegen Sofia.«

Lysander meinte: »Wer weiß, vielleicht kommst du ja noch auf den Geschmack?«

Tobi winkte ab.

Ich sagte: »Wie dem auch sei. Hier hast du deinen Hausschlüssel zurück.«

Ich gab ihm den Schlüssel und Lysander begann mit der Einweisung.

»Also«, sagte er zu Tobi, »hier bei der Staffelei spannst du den Akt ein.«

Er nahm die Aktzeichnung aus einer Mappe.

»Wow!«, sagte Tobi, »ist Sofia schön gezeichnet.«

Lysander befestigte die Zeichenplatte am Holzgestell.

»Darüber klebst du ein weißes Blatt Papier.«

Er heftete mit einem Tesafilm ein DIN-A-3-Blatt an die Zeichenplatte. Dann zog er einen Bleistift aus einem Etui und reichte ihn Tobi.

»Versuch's mal.«

»Wieso?«, fragte Tobi.

»Natürlich für Studien. Sofia soll dich ja arbeiten sehen und dabei solltest du dich geben wie Leonardo da Vinci oder Michelangelo.«

»Wenn's sein muss.«

Lysander sagte: »Los, kritzle mal was.«

Tobi stellte sich vor die Staffelei und begann auf engstem Raum, ein Strichmännchen zu zeichnen.

»Nicht so armselig, genialischer!«, befahl Lysander.

Er stellte sich nun selbst vor die Staffelei und führte solch übertriebene Bewegungen aus, dass es aussah, als würde er eine Hauswand streichen.

Tobi blickte Lysander skeptisch an.

»Ist das wirklich nötig?«

»Du willst sie doch beeindrucken?«

»Ja, schon.«

»Dann mach.«

Tobi bearbeitete nun das Blatt Papier, als würde er es auspeitschen. Jetzt musste sogar Lysander schmunzeln.

Er sagte: »Vielleicht solltest du doch deine Bewegungen etwas einschränken …«

»Sag ich doch die ganze Zeit«, murrte der Junge.

Lysander fuhr fort: »Ein kleine Show solltest du trotzdem abliefern. Du könntest zum Beispiel vor- und zurückwippen.«

»Was?«

»Du wippst nach hinten, um Inspiration zu suchen. Und dann, wenn du einen Einfall hast, schnellst du nach vorn und zeichnest was.«

»He?«, sagte Tobi.

Lysander sah ein, dass genialisches Getue etwas für Fortgeschrittene war und übersprang diese Lektion.

Lysander dozierte weiter: »Und wenn du ihr dann Aktzeichnung zeigst, was machst du dann?«

»Keine Ahnung.«

»Du wirst das Lob, das du von ihr erhältst, zehnfach zurückgeben.«

»Was soll ich?«

Lysander verdrehte die Augen: »Sie wird sicher hingerissen sein von der geschönten Darstellung ihrer Figur. Also wirst du ihr sagen, dass nur eine vollkommene Schönheit wie sie, eine Tochter der Venus, dich zu so einem schönen Bild inspirieren konnte ...«

»Ah ... verstehe, ich schmeichle ihr.«

Ich musste lachen und sagte: »Willst du dir nicht lieber einen Spickzettel machen?«

Jetzt musste auch Tobi lachen.

Er sagte: »Ich glaub, ich krieg's auch ohne hin. Also, ich lobe ihre Figur, ihre Linien, ihren Liebreiz ...«

Lysander nickte zufrieden und zeigte Tobi das restliche Atelier: »Hier ist der Kühlschrank. Du begrüßt sie am besten mit einem Glas Champagner, das macht euch beide locker. Und hier: Gemüse!«

Er zeigte auf ein Rosenbeet: »Rote, gelbe, weiße Rosen ... Einfach abschneiden und überreichen ... das klappt immer!«

Tobi war begeistert.

Lysander fuhr fort: »Und hier eine Gedichtsammlung mit Liebeslyrik.«

Tobi verzog das Gesicht.

Lysander sagte: »Ach so, du stehst ja nicht auf Gedichte.«

Dann öffnete er die Schublade mit Kondomen.

»Wow!«, sagte Tobi, »in allen Farben. Du bist wirklich perfekt ausgestattet.«

Lysander reichte Tobi den Atelierschlüssel: »Also abgemacht, Montagabend hast du freie Bude.«

Ich scherzte: »Und wenn du nicht mehr weiterweißt, ruf mich an!«

Wir lachten herzhaft und gingen auseinander.

KAPITEL 15

Am Samstag um 11 Uhr rief mich Tobi an und berichtete, dass alles nach Plan liefe und sich seine Familie gerade auf den Weg zum Flughafen machte.

Ich wünschte ihm viel Spaß und telefonierte darauf mit Lysander. Dieser sagte:»Ich hoffe, dass wir dieses Mal ungestört sein werden.«

»Garantiert!«, versicherte ich.

Doch glauben wollte ich nicht so recht daran. Bei unserem Pech ...

Punkt 23 Uhr standen Lysander und ich vor der Villa Sulzbach. Instinktiv zückte ich meinen Dietrich, doch nach einigen Augenblicken wurde ich gewahr, dass ich ja den Hausschlüssel besaß. Eine alte Gewohnheit, murmelte ich und öffnete das Türschloss auf herkömmliche Weise. Anschließend drückte ich die schwere Eichentür auf und leuchtete mit der Taschenlampe ins Innere. Ein großzügiges Vestibül aus Marmor bot sich meinen Augen dar.

»Wow«, flüsterte ich,»die Sulzbachs leben auf großem Fuß.«

»Ja, und geizig sind sie obendrein«, ergänzte Lysander. »Schlappe 300 Euro haben sie für mein Gemälde bezahlt.«

Wir durchschritten die prachtvolle Eingangshalle und gelangten zu einem imposanten Treppenhaus, das mehr an ein Schloss als an eine Villa erinnerte.

»Wo hängt denn das Bild?«, frage ich Lysander.

»Sicher in einem Salon,« war seine Antwort.

Wir durchstreiften darauf Zimmer nach Zimmer und hielten Ausschau nach seinem Gemälde. Doch an den getafelten Wänden hingen nur alte, speckige Schinken.

»Du meine Güte«, lamentierte Lysander, »ein Geschmack wie Götz von Berlichingen.«

»Vielleicht stammen sie ja von ihm«, scherzte ich.

Da wir im Erdgeschoss nicht fündig wurden, stiegen wir in den ersten Stock. Auch hier war künstlerisch das Mittelalter vorherrschend. Der arme Tobi, murmelte ich, der muss sich wie in einem Museum vorkommen.

Plötzlich hörte ich Lysander jubilieren: »Da bist du ja, du Schlingel.«

So wie Lysander sein Bild begrüßte, hätte ich eigentlich einen süßen Hund erwartet. Doch als ich das Zimmer betrat, sah ich Lysander vor einem mittelgroßen Gemälde im Querformat stehen. Darauf abgebildet war ein rötlicher Villenkomplex, in dem Studenten umherspazierten, bildhauerten oder dichteten. Irgendwie glich die Szenerie Raffaels »Schule von Athen«.

Ich flüsterte: »Die Fotos auf der Homepage der Villa Massimo sehen aber anders aus.«

Lysander sagte: »Ja, das ist viel zu pathetisch, da muss ein Schuss Realität rein.«

»Und wie willst du das bewerkstelligen?«, fragte ich ihn.

»Ganz einfach: Im Hintergrund verläuft der Straßenstrich, wo Studenten mit Nutten feilschen ...«

Ich musste lachen und sagte: »Das wirft ein neues Licht auf die Kulturstiftung ...«

Lysander kommentierte schmunzelnd: »Nicht nur der Geist braucht sein täglich Brot.«

»Ich hoffe, Herr Sulzbach hat dafür Verständnis.«

Plötzlich hörte ich Stimmen im Hausflur. Anfangs dachte ich, ich hätte mich getäuscht. Doch als sich ein Mann und eine Frau lebhaft unterhielten, war mir klar: Wir hatten Besuch bekommen. Lysander hatte sie nun auch gehört. Er flüsterte: »Sind das die Hausherren?«

»Glaub ich nicht. Tobi hätte uns sonst gewarnt.«

»Das darf doch nicht wahr sein!«, zischte Lysander, »jetzt sind schon wieder Einbrecher am Werk. Was macht eigentlich die Polizei die ganze Nacht?«

An die Einbrechertheorie glaubte nicht nicht. Dazu waren die Stimmen viel zu laut und unbekümmert. Um der Sache auf den Grund zu gehen, schlich ich zum Treppenhaus. Und so konnte ich hören, wie der Mann sagte: »Was für ein Glück, dass die Käufer nach Rom geflogen sind, so haben wir unsere Villa heute Nacht ganz für uns.«

Das waren also die Vorbesitzer! Irgendwie mussten sie von der Reise der Sulzbachs Wind bekommen haben. Auf der anderen Seite hatte Herr Sulzbach seine vermeintliche Berufung in den Stiftungsrat sicher in den sozialen Medien verbreitet und so wusste es vermutlich halb München …

Die Frauenstimme riss mich aus meinen Gedanken. Sie sagte: »Hier die Treppe, weißt du noch? Als das Haus noch baufällig war, sind wir mit der Leiter hochgestiegen, das war so romantisch.«

»Ja, damals waren wir jung und hatten Flausen im Kopf.«

Die Eindringlinge machten im ersten Stock Licht und so mussten Lysander und ich uns ein kleines Zimmer zurückziehen.

Ich sagte: »Verdammt! Ich habe keine Lust auf ein erneutes Türklinken-um-die-Wette-Drücken wie in der Kajüte des Raddampfers.«

»Und ich springe durch kein Fenster mehr!«, ergänzte Lysander erbost.

Wie ich hören konnte, stiegen die beiden Vorbesitzer hoch zum Speicher. Das ermöglichte uns eine schnelle Flucht über die Treppe. Doch Lysander war mit der Übermalaktion noch nicht fertig und weigerte sich, das Feld zu räumen.

Da gellte ein spitzer Schrei durch die Villa.

Die Frau kreischte: »Da sind ja noch unsere Faschingskostüme! Weißt du noch? Unser famoser Kostümball, von dem die Zeitungen berichtet haben.«

»Ja, damals machten wir Furore.«

»Komm, wir ziehen die Kostüme nochmal an.«

»Wenn ich hineinpasse …«

Ich flüsterte: »Die verkleiden sich jetzt. Das wäre die Gelegenheit abzuhauen.«

»Meinst du?«

»Natürlich.«

»Und wenn sie von selbst gehen?«, fragte Lysander.

»Hast du nicht gehört? Die wollen ihre Villa die ganze Nacht für sich haben.«

»Ihre Villa?«, fragte Lysander süffisant, »das war mal ihre Villa.«

»Willst du es ihnen persönlich sagen?«

Nach einigem Hin und Her konnte ich ihn überreden, das Weite zu suchen. Doch als wir Richtung Treppe schlichen, hörte ich sie bereits vom Dachboden herunterstapfen.

Ich versteckte mich in aller Eile hinter einem Vorhang, der vor einer Abstellkammer hing, Lysander hingegen war starr vor Schreck.

»Los, komm!«, zischte ich, doch er stand da wie ein Ölgötze. So griff ich seinen linken Arm und zog ihn hinter die Portiere – gerade noch rechtzeitig, denn wenige Augenblicke später sah ich Napoleon höchstpersönlich die Treppe herunterkommen. Beziehungsweise ein kleiner, gedrungener Mann mittleren Alters stolzierte im Flur herum, der eine weiße Uniform anhatte und einen Zweispitz quer auf dem Kopf trug wie der französische Kaiser. Kurz darauf erschien »Kaiserin Joséphine« in einem wallenden weißen Kleid mit Goldborten.

Sie sagte: »Du quillst aus der Uniform wie ein Schweinebraten.«

»Da war ich auch fünfzehn Jahre jünger.«

Die Vorbesitzerin betrachtete ihr Kleid in einem Spiegel und versuchte, mit den Händen ihren Bauch flachzudrücken. Da sagte ihr Gemahl: »Du hast auch zugelegt.«

»Ein Gentleman sieht galant darüber hinweg«, ermahnte sie ihn.

»Mais bien sûr. Sie sind schlank wie eh und je, Madame.«

»Merci, Monsieur«, war ihre Antwort.

»Volontier.«

Die beiden turtelten in dieser Weise vor sich hin, als sie plötzlich auf einen blinden Fleck an der Wand zeigte und rief: »Dort sollte es hängen!«

»Ja, dort!«, sagte er, »das verflixte Gemälde, das uns um Haus und Hof gebracht hat.«

Sie schlenderte zu ihm und schmiegte sich an ihn: »Bist du mir noch böse?«

Er grummelte: »Nicht wirklich, wir haben ja uns.«

»Du hättest mir damals den Kopf waschen müssen.«

»Wie denn?«, fragte er, »ich war bis über beide Ohren in dich verliebt. Wenn du von mir verlangt hättest, auf den Mond zu ziehen …«

Sie gluckste »… dann wären wir zum Mond geflogen.«

Beide lachten ausgelassen.

Nach einer Weile lamentierte sie: »Aber wirklich schade, ich hätte das Bild so gern besessen.«

Lysander flüsterte: »Von welchem Gemälde ist die Rede?«

»Frag sie doch«, wisperte ich schmunzelnd.

»Napoleon« und »Kaiserin Joséphine« gingen nun von Zimmer zu Zimmer und schwelgten in Erinnerungen.

Sie sagte: »Die Sulzlochs –«

Er korrigiere sie: »Die Sulzbachs.«

»Ah, Sulzbachs ... sie haben fast nichts verändert.«

»Das spricht für ihren guten Geschmack.«

»Sogar die alte Kommode steht noch an ihrem angestammten Platz.«

Ich hörte, wie sie den Deckel anhob und mit einem Knall fallen ließ.

»Die knallt immer noch ganz ordentlich«, gluckste sie.

Beide traten nun auf den Flur und sie sagte: »Weißt du noch ... unser Abschiedsfest ... genau vor zehn Jahren, und das letzte Lied, das wir in unserer Villa spielten ...«

Sie zückte ihr Handy und suchte etwas. Kurz darauf erklang das Chanson »Sag beim Abschied leise Servus ...« und das »französische Kaiserpaar« tanzte dazu.

Ich flüsterte: »Waren die mit dem Haus vermählt, oder was? Die tun ja gerade so, als hätten sie mit dem alten Kasten eine Liebesbeziehung unterhalten.«

Lysander zuckte nur mit den Schultern.

Ich fuhr fort: »Wie kriegen wir den Möchtegern-Napoleon wieder aus dem Haus?«

»Vielleicht durch General Wellington, der hat ihn doch bei Waterloo besiegt?«

»Du meinst, ich soll mich als Wellington verkleiden?«

Lysander nickte.

Ich musste schmunzeln über diesen skurrilen Einfall. Doch dann stellte mir die Szene im Geiste vor: Ich trete als General Wellington verkleidet hinter dem Vorhang hervor und sage mit englischem Akzent: »Ah, da bist du ja, alter Freund beziehungsweise Feind! Wollen wir uns wieder schlagen, wie damals 1815 in Waterloo? Aber heute schießen wir nicht mit Kanonen, heute kreuzen wir die Klingen!«

Und ich ziehe meinen Säbel und rufe: »En garde!«

Das dürfte den Möchtegern-Napoleon sicher in die Flucht schlagen, dachte ich mir, doch da ich über keine englische Generaluniform verfügte, musste ich mir etwas Praktikableres einfallen lassen.

»Ich hab's!«, flüsterte ich. »Ich spiele Herrn Sulzbach, der überraschend zurückkehrt.«

Ich zog aus meiner Tasche eine Perücke und einen Vollbart und maskierte mich entsprechend. Dann wartete ich, bis das »Kaiserpaar« im Keller verschwunden war. Sie wollten dort nach eigener Aussage ihr »Hausjubiläum« mit Champagner begießen.

Ich vergewisserte mich, dass die Luft rein war und schlich hinunter ins Erdgeschoss. Im Wohnzimmer öffnete ich ein großes Fenster, sodass sie leicht flüchten konnten. Dann ging ich nach draußen und spielte den heimkehrenden Hausherren. Ich machte Licht und stocherte wie verrückt im Türschloss herum. Zusätzlich haute ich mit der Faust gegen die Tür und schimpfte lautstark: »Verdammte Lufthansa, die haben den Flug nach Rom einfach gestrichen. Jetzt wird es wieder nix mit Villa Massimo!«

Wie ich durchs Butzenglas der Eingangstür sehen konnte, kam das »Kaiserpaar« die Kellertreppe heraufgeschlichen. Sie trauten ihren Augen und Ohren nicht und versuchten einzuschätzen, wer da draußen herumpolterte. Also musste ich schwerere Geschütze auffahren. Ich schimpfte: »Und das mir, einem Sulzbach! Dabei habe ich mich auf die Romreise so sehr gefreut. Wenn nur die Haustür nicht so klemmen würde.«

Auf den Lärm, den ich schlug, liefen »Joséphine« und »Napoleon« hysterisch im Haus herum. Mal rannte sie in die Küche, mal er, zwischendurch stießen sie immer wieder im Flur zusammen. Beide gaben sich dabei Befehle, als wären sie der jeweils kommandierende Offizier des anderen. So war das Ergebnis des »Rückzugs« totales Chaos.

Ich konnte nicht glauben, welches Theater sich da vor meinen Augen abspielte und fragte mich, wie ich die beiden Chaoten aus dem Haus bekäme.

Am Türschloss konnte ich nicht länger herumfuhrwerken. Das wäre nicht plausibel gewesen. So öffnete ich die Haustür und zog sie wieder zu. Da sich die Hysterie der Vorbesitzer nicht legte, musste ich sie irgendwie ins Wohnzimmer lotsen. So sagte ich laut: »Habe ich vielleicht das Wohnzimmerfenster offen gelassen? Das wäre ja furchtbar. Da könnte ja jemand herein, ich meine hinaus.«

Die beiden standen mitten im Hausflur und konnten sich immer noch nicht zu einem geordneten Rückzug aufraffen.

Ich wollte ihnen schon zurufen: »Haut endlich ab!«, konzentrierte mich dann aber erneut aufs Wohnzimmer.

Ich rief: »Dieses verfluchte Wohnzimmerfenster, wahrscheinlich ist es wieder offen, ich muss es endlich mal reparieren lassen.«

Endlich verstanden sie meinen Wink und flüchteten dorthin.

Ich betrat absichtlich langsam den Hausflur und tat so, als bemerkte ich sie nicht. Laut murmelte ich: »Mist, ich habe meine Brille vergessen, so kann ich ja überhaupt nichts sehen.«

Wie ich durch den Türspalt beobachten konnte, versuchte »Kaiserin Josephine« durchs Fenster zu steigen, doch ihr wallendes Kleid hinderte sie daran. »Napoleon« wollte ihr helfen, war aber mit dem vielen Stoff überfordert. So gab er ihr einfach einen Schubs und seine »Kaiserin« landete mit einem Schrei auf der Terrasse. Dann war er an der Reihe. Flink wie ein Wiesel huschte er über das Fensterbrett ins Freie – das machte er anscheinend nicht zum ersten Mal.

Ich gab weiterhin den trotteligen Hausherren und schlurfte gemächlich ins Wohnzimmer. Als ich sah, dass die Vorbesitzer das Weite gesucht hatten, ging ich zum Fenster und grummelte: »Da ist ja das Wohnzimmerfenster offen, schnell zu damit.«

Als nächstes eilte ich zur Haustür und steckte den Hausschlüssel von innen ins Türschloss, sodass es von außen nicht mehr zu öffnen war.

Dann ging ich zu Lysander in den ersten Stock.

Er lamentierte: »Schade, dass die Vorbesitzer uns nicht verraten haben, welches Gemälde sie in den Ruin getrieben hat.«

»Wahrscheinlich eins von deinen.«

»Haha, sehr witzig.«

Ohne weitere Zwischenfälle ging Lysander zu Werke und um 3 Uhr verließen wir die Villa durch die Haustür. Und wie es sich für einen ehrbaren Einbrecher gehörte, drehte ich den Hausschlüssel zweimal um.

KAPITEL 16

Nächsten Dienstag rief mich Tobi an. Er sagte begeistert: »Der gestrige Abend war wunderbar, ich habe Sofia ins Bett gekriegt. Sie hält mich jetzt für einen großen Künstler.«

»Das ist immer von Vorteil«, kommentierte ich.

»Und wie war's in Rom?«, fragte ich ihn.

Er gluckste lachend: »Wir sind abgeblitzt. Vati hat das ganze Wochenende über die Villa Massimo geschimpft. Damit ist mein Aufenthalt dort passé. Vielen Dank!«

»Und was hat dein Vater zum Gemälde gesagt?«, fragte ich.

»Vati war gar nicht böse über die Änderung. Im Gegenteil. Er meinte: ›Der Maler hat recht: Direktor Strontino ist ein Stronzo, der hinter seinem Institut einen Straßenstrich betreibt.‹«

Ich sagte: »Das ist doch frappierend, wie jemand seine Meinung ändern kann.«

»Ja, das hätte ich nicht für möglich gehalten.«

Ich fragte weiter: »Jetzt erzähl mal alles in allen Details ...«

»Also, Vati konnte es gar nicht erwarten, zur Villa Massimo zu kommen. Er hat den Taxifahrer angetrieben mit den Worten: ›Schneller, ich bin in einer wichtigen Mission unterwegs.‹

Der Taxifahrer hat nur gemurmelt: ›I tedeschi sono stupidi.‹

Als wir dann endlich dort waren, ist er voller Stolz in die Eingangshalle gestürmt und hat sich der Rezeptionsdame vorgestellt. Sie feilte gerade ihre Fingernägel und tat so, als sähe sie ihn nicht. Er musste dreimal auf die Tischglocke hauen, bis sie endlich zu ihm aufschaute.«

»Ein erfolgversprechender Beginn«, kommentierte ich.

»Ja, Vati hat ihr zu verstehen gegeben, dass er so ein säumiges Verhalten als künftiger Vorgesetzter nicht dulden werde. Sie blickte ihn nur verständnislos an wie eine Kuh und hat nach dem Direktor telefoniert.«

»Der eigentlich auf Kur hätte sein müssen.«

»Ja, genau. Das hat mein Vater auch gedacht. Denn als Direktor Strontino kam, sagte Vati überrascht: ›Was? Sie sind hier? Ich dachte, Sie sind auf Kur?‹

›Wer sagt denn sowas?‹

›Ihr Privatsekretär.‹

›Wer?‹

›Na, Virgilio Silva!‹

Der Direktor lachte auf und sagte: ›Ich habe keinen Privatsekretär.‹

›Na, sowas'‹, sagte Vati verdutzt. ›Wie dem auch sei, ich freue mich, Sie kennenzulernen, Kollege!‹

Herr Strontino runzelte die Stirn und fragte: ›Wer sind Sie und weshalb sind Sie hier?‹

Vati lachte gekünstelt. ›Sie sind gut. Sie haben mir doch eine Einladung geschickt, um meine Berufung in den Stiftungsrat zu vollziehen.‹

Er überreichte dem Direktor die fingierte Einladung.

Direktor Strontino las eine Weile und begann dann laut zu lachen: ›Die ist gefälscht! Noch dazu schlecht.‹

›Was?‹, fragte Vati verdutzt.

›Das ist einfaches Büropapier. Wir verwenden aber nur teures Büttenpapier.‹

Vati riss ihm die Einladung aus der Hand. ›Das kann doch gar nicht sein!‹

Direktor Strontino deutete auf das Blatt: ›Die Schrift passt auch nicht. Das ist ›Arial‹, ohne Serifen. Wir verwenden ausschließlich ›Harlow Solid Italic‹.‹

Mein Vater konnte es immer noch nicht glauben.

Da lachte der Direktor auf: ›Sehen Sie sich mal die Unterschrift an, was da steht: ›Stronzo!‹

Er lachte lauthals: ›Wissen Sie, was ›Stronzo‹ heißt?‹

Mein Vater nickte widerwillig.

Jetzt kam auch die Rezeptionsdame und las die Einladung: ›Stronzo‹, kreischte sie.

Ich musste mir das Lachen verkneifen.

Mein Vater fragte: ›Soll das heißen, jemand hat mir einen Streich gespielt?‹

›Natürlich!‹, sagte Herr Strontino, ›und wie es scheint, mit einer gewissen Finesse.‹

Mein Vater schaute dumm aus der Wäsche wie Oliver Hardy in den Dick und Doof-Filmen, wenn ihm ein Ziegelstein auf den Kopf gefallen war.

Direktor Strontino sagte lachend: ›Und Sie sind eigens von München nach Rom geflogen! Hahaha, nein, das ist zu köstlich!‹

Jetzt schaltete sich meine Mutter ein. Sie nahm die Einladung in die Hand und fragte: ›Was soll das, Erwin?‹

›Ich weiß es nicht, Mathilde.‹

Der Direktor gewann seine Fassung zurück und sagte ernst zu meinem Vater: ›Ach, da fällt mir ein, wir suchen einen Hausmeister. Das könnte was für Sie sein. Wenn Sie mir bitte folgen wollen ...‹

Jetzt musste ich mich wegdrehen vor Prusten.

Mein Vater sagte empört: ›Das ist unerhört! Eine Frechheit! Ich bin Literaturwissenschaftler, kein Pedell! Und ich habe Preise gewonnen. Man hat mir die ›Goldene Hühnerfeder‹ der Bamberger Hauspostille verliehen für meinen Aufsatz ›C'est fini la comédie!‹

›Das tut nichts zu Sache‹, sagte Direktor Strontino unge-rührt, ›alle unsere Subalterne schreiben nebenher.‹

›Ich werde aber kein Subalterner!‹, schrie Vati. ›Und über-haupt: Die Villa Massimo kann mir gestohlen bleiben!‹

Und er machte auf der Hacke kehrt und ist hinausgedon-nert. Mutti und ich sind hinterhergedackelt.«

Ich lachte lauthals.

Tobi erzählte weiter: »Vati wollte den Rückflug vorverlegen lassen, doch bei Lufthansa waren keine Plätze mehr frei. So mussten wir in Rom übernachten. Wegen einer Synode wa-ren aber Hotelzimmer knapp. So sind wir von Hotel zu Hotel gepilgert, wie die heilige Familie auf Herbergssuche.«

»Nur, dass der Sohn schon ausgewachsen war.«

Tobi lachte und fuhr fort: »Schließlich sind wir in einem Stundenhotel untergekommen. Das war die billigste Absteige. Wir mussten jede Stunde einzeln zahlen.«

Ich sagte: »Das klingt ja vielversprechend.«

»War es aber nicht, man konnte keine Minute schlafen. Die ganz Nacht hindurch war das Knarzen von Federbetten zu hören und das Stöhnen von ejakulierenden Freiern … die haben geschrien wie brünstige Eber.«

»So sind eben die Italiener«, erläuterte ich.

»Glaub ich nicht. Wahrscheinlich waren es Priester aus Übersee, die sich etwas Abwechslung verschaffen wollten, von den anstrengenden Sitzungen im Vatikan …«

»Die haben die günstige Gelegenheit halt ausgenutzt.«

»Jedenfalls …«, sagte Tobi, »die Heimreise war ein einziger Abgesang auf die Villa Massimo. Mein Vater ließ eine Schimpfkanonade nach der anderen los.«

»Dann war die Aktion also ein Erfolg.«

»Ja, einer Interrail-Tour mit Sofia steht jetzt nichts mehr im Weg.«

»Wunderbar«, sagte ich, »aber macht um Rom einen wei-
ten Bogen!«

Tobi gluckste und legte auf.

KAPITEL 17

Am Donnerstagabend empfing ich Alina zum dritten Mal in Lysanders Atelier. Zu meiner Überraschung trug sie einen schwarzseidenen Domino mit einer Kapuze, wie es bei einem Maskenball üblich ist. Ich gab ihr einen Kuss und fragte sie schelmisch: »Was verbirgt die hübsche Alina hinter ihrem Mantel?«

»Das da!«

Sie öffnete den Mantel und ich war wie geblendet: Alina trug ein funkelndes, orientalisches Kostüm.

Als sie ins Licht trat, konnte ich ihr Kostüm in voller Pracht bewundern. Unter den Schleiern trug sie ein kunstvoll verziertes rotes Top und einen roten Rock. Ihren Kopf schmückte ein goldenes Stirnband und an ihren Ohren baumelten silberne Ohrgehänge. Auch der Bauchnabel war verziert mit Geschmeide und wenn sie sich bewegte, klimperten silberne Arm- und Fußreifen.

Ich kredenzte ihr ein Glas Sekt und sagte: »Da fühle ich mich gleich wie König Herodes …«

»Schade, dass du kein Kostüm trägst.«

»Hätte ich gerne …«

»Aber dann wäre es keine Überraschung mehr gewesen.«

Sie kramte aus ihrer Handtasche eine CD hervor und ging damit zur Hi-Fi-Anlage. Kurz darauf erklang orientalische Musik und sie begann zu tanzen.

»Du kannst Bauchtanzen?«, fragte ich sie.

»Ja, ich habe Bauchtanzen geübt anhand eines Youtube-Videos.«

Sie wiegte sich elegant in den Hüften und bewegte dazu ihre Arme grazil auf und ab. Das war schön anzusehen.

Sie lamentierte: »Ein Jammer, dass du mich heute nackt malst.«

»Ja, aber deshalb brauchst du dein tolles Kostüm nicht auszuziehen.«

»Ach, nicht?«

»Nein, während du für mich tanzt, werde ich dich zeichnen. Auf dem Bauch liegend mit einem neckischen Po im Hintergrund.«

»Geht das denn?«, wollte sie wissen.

»Natürlich, habe eine blühende Fantasie.«

»Gut, dann fange ich mal an.«

Sie wiegte sich in den Hüften und schüttelte ihren Bauch hin und her, während ich an der Staffelei kritzelte.

Um das »Zeichnen« abzukürzen, sagte ich: »Heute geht es aber schnell, da bin ich gleich fertig.«

Zu Alina sagte ich: »Dreh dich bitte um und zeig mir deinen Po.«

Sie tat, wie ihr geheißen und ich machte das Picobello-Zeichen: »Allererste Sahne.«

»Danke.«

»Und jetzt schön wackeln … Das machst du super.«

»Ich habe auch fleißig geübt.«

Nach fünf Minuten sagte ich: »Fertig.«

»Schon?«

»Ja, dein Liebreiz hat mich zu Höchstleistungen getrieben.«

Sie schlenderte heran, betrachtete die Aktzeichnung und sagte: »Das hast du gut hingekriegt. Du hast wirklich Fantasie.«

»Ich hab auch ein tolles Modell.«

Sie gab mir einen Kuss, und dann sagte sie: »So, jetzt hab ich das Kommando!«

Sie lief zu ihrer Tasche und zog daraus einen weißen Umhang hervor und eine weiße Kopfbedeckung.

Ich fragte sie: »Was ist denn das?«

»Das ist eine Kofia, wie sie Männer im Orient tragen.«

»Aha, und was soll das Ganze?«

Sie antwortete: »Du spielst jetzt einen Scheich.«

»Was?«

Sie zeigte mir auf ihrem Handy eine Szene eines Schwarz-Weiß-Films, in dem ein Scheich eine Odaliske verführt.

Sie erläuterte: »Das ist ›Der weiße Scheich‹ mit Rudolph Valentino.«

Ich lachte auf: »Das ist doch total kitschig.«

»Wart nur ab, du wirst überwältigt sein.«

Ich wollte mir den weißen Umhang überwerfen, doch sie sagte: »Aber vorher alles ausziehen. Du sollst nur den Umhang und die Kofia tragen.«

Ich tat, wie mir geheißen und setzte mich als »Scheich« auf den Diwan. Sie dimmte das Licht und spielte orientalische Bauchtanzmusik. Dann begann sie mit dem Striptease. Sie tanzte zur Musik und löste den Schleier, der um ihre Brüste gewunden war. Anschließend wirbelte sie ihn arabeskengleich durch die Luft und ließ ihn über mein Gesicht streichen.

»Mhmm«, sagte ich, »der duftet nach Jasmin.«

»Erraten, großer Meister.«

Dann löste sie den Schleier, der um ihre Hüfte gebunden war. Wieder ließ sie ihn über meinen Kopf gleiten.

»Lavendel«, sagte ich.

»Ja, ich hab Chanel No°5 darüber gegossen.«

Als nächstes löste sie vorne das Top und ihre weibliche Fülle kam zum Vorschein. Ich war wie geblendet und musste an »Geschichten aus Tausendundeiner Nacht« denken.

Sie tanzte barbusig vor mir und schüttelte ihre Brüste hin und her.

»Wow, ist das geil!«, stieß ich aus.

»Das gefällt dir wohl.«

»Ja, und wie!«

Ich streckte ich meine Arme nach ihr aus.

Doch sie wehrte ab: »Nein, noch nicht.«

»Ach komm, Alina, ich erleide Tantalusqualen.«

»Das sollst du auch.«

Sie machte weiter mit ihrem Entkleidungstanz und ließ schließlich den Rock zu Boden gleiten. Sie wiegte sich erotisch in den Hüften und ich bewunderte ihre elegante Taille. Dann kam sie langsam näher und als sie in Reichweite meiner Arme war, zog ich sie zu mir: »Hab ich dich endlich.«

Sie kletterte auf mich und ich stöhnte auf.

Sie sagte: »Ruhig, mein Hengst, ganz ruhig, das ist nur der Sattel.«

»Das nennst du ›Sattel‹?«

Sie lachte nur und begann auf mir zu reiten.

Obwohl es mich zum Lachen reizte, war ich fasziniert von Alina in ihrem orientalischen Kostüm.

Sie ritt auf mir und sagte: »Hü, hü, mein weißer Hengst, wir reiten durch die Wüste.«

Sie beschleunigte die Gangart und sagte: »Wir reiten auf dem Sand dahin. Siehst du den aufgewirbelten Staub?«

Ich sah vor allem die hübsche Odaliske vor mir und das war wundervoll.

Wir holperten schneller dahin und sie schwang ihre Arme wie ein Lasso.

»Hü, mein Pferdchen, hü«, feuerte sie mich an, »und jetzt Galopp«, kommandierte sie.

»Wir galoppieren über die Dünen, rauf und runter, rauf und runter, hü, mein Pferdchen. – Siehst du den riesigen Sandhügel?«

»Ja.«

»Wir preschen ihn hoch.«

Sie gab mir die Sporen: »Los, mein Pferdchen. Und da ist noch ein Hügel. Nichts wie hinauf!«

»Ja«, stöhnte ich.

»Und jetzt kommt ein Graben.«

»Ja.«

»Wir springen darüber hinweg.«

»Jaa.«

»Und da ist noch einer ...«

»Jaaa.«

»Und noch einer ...«

»Jaaaa«, seufzte ich.

Plötzlich schrie sie: »Bäum dich auf, mein Hengst!«

Sie kreischte: »Bäum dich auf, jaaaaaaaaaa ...«

Dann sank sie erschöpft auf mir zusammen ...

Nachdem wir zu uns gekommen waren, fragte sie mich: »Hab ich zu viel versprochen?«

»Nein, es war wundervoll.«

Dann umarmten wir uns und schliefen umschlungen auf dem Diwan ein.

KAPITEL 18

Am Samstagabend fuhren Jasmin, Lysander und ich zum Anwesen des Ehepaars Streitwieser, wo Jasmin an ihrem Bild »Die Duellanten« letzte Hand anlegen wollte.

Wie ich erwartet hatte, war die Villa völlig dunkel.

»Sie sind also in der Oper und schauen sich ›Aida‹ an«, sagte ich zufrieden.

Wir stiegen über den Gartenzaun und schlichen zur Terrasse. Auf einmal ging ein Licht an. Lysander war starr vor Schreck, doch ich sagte lachend: »Das ist ein Bewegungsmelder.«

»Und was heißt das jetzt?«

»Da wir keine Alarmanlage schrillen hören, bedeutet es, dass uns die Hausherren freundlicherweise Licht gemacht haben.«

Jasmin sagte: »Das nenn ich mal gute Gastgeber.«

Ich fuhr fort: »Leider müssen wir die nette Geste zurückweisen und das Licht ausschalten.«

»Und wie?«, wollte Lysander wissen.

»Ganz einfach. Ich mach eine Räuberleiter und du steigst hoch und drehst die Birne raus.«

Gesagt, getan. Es wurde wieder dunkel.

Jasmin sagte: »Schade.«

Ich sagte: »Ich würde auch lieber im Rampenlicht arbeiten, angefeuert von einem begeisterten Publikum. Aber leider muss das Handwerk des Einbrechens im Dunkeln und Stillen ausgeübt werden.«

Ich ging zu einem Fallrohr und wollte mich wie geplant daran hochhangeln – doch ich rutschte am glatten Moos ab.

»Wieso säubern die ihre Dachrinnen nicht?«, fragte ich erbost.

Jasmin antwortete: »Schreib doch eine Beschwerde an die Hausherren ...«

Schließlich gelang es mir doch, mich nach oben zu arbeiten und ich stieg seitlich auf den Balkon. An der Brüstung befestigte ich die mitgebrachte Strickleiter mit einer Schleife, die ich mit einer Schnur lösen konnte. Dann ließ ich die Strickleiter nach unten fallen.

»Ihr könnt jetzt kommen«, rief ich nach unten und machte mich am Schloss der Balkontür zu schaffen. Nach einer Weile hörte ich Jasmin jammern: »Ich schaff es nicht.«

Lysander schimpfte: »Das ist doch nicht so schwer.«

Da Jasmin weiterhin Probleme hatte, beugte ich mich über die Brüstung und zog sie an einer Hand nach oben, Lysander schob von unten. So bugsierten wir sie auf den Balkon. Lysander kam wenig später nach.

Als ich leise und vorsichtig die Balkontür öffnete, schoss Jasmin an mir vorbei und lief direkt ins Arbeitszimmer. Sie umarmte dort ihr Gemälde und drückte ihre linke Wange an die Leinwand.

Ich ging zu ihr und sagte: »Woher wusstest du, dass das Bild im Arbeitszimmer hängt?«

Sie antwortete: »Herr Streitwieser hat es mir gesagt. Er sagte damals beim Kauf: ›Ich brauche ein Bild fürs Arbeitszimmer. Es soll richtig Pfeffer haben, damit ich konzentriert bleibe.‹«

»Aha, und was willst du ändern?«, fragte ich sie.

»Die beiden Duellanten stehen nur da und feuern aufeinander. Da fehlt der Witz.«

Ich sagte: »Aber ein Duell ist doch nicht witzig.«

»Auf meinen Bildern schon.«

»Und wie willst du das bewerkstelligen?«

»Der eine Duellant trifft aus Versehen den Hut eines Sekundanten und der andere schießt einen Ast über seinem Kontrahenten herunter.«

»Ich hoffe, dass Herr Streitwieser jetzt keinen Lachanfall bekommt«, sagte ich amüsiert.

»Das ist eben das Besondere, wenn man einen Waldeck kauft«, sagte Jasmin stolz.

»Ja, dass er wie von Zauberhand das Genre wechselt.«

Jasmin packte ihre Malutensilien aus und machte sich ans Werk. Ich schlenderte währenddessen ein wenig im Haus herum ... Wie ich sehen konnte, war alles vornehm und elegant eingerichtet. So wunderte ich mich, als ich im Treppenhaus Streitäxte entdeckte. Eigentlich zu martialisch für ein bürgerliches Haus, dachte ich. Und als ich Hellebarden und Massai-Speere in einer Ecke stehen sah, stieg meine Verwunderung noch mehr. Anscheinend waren die Streitwiesers Waffenfetischisten.

Ich nahm einen Massai-Speer in die Hand und fand ihn überraschend leicht. Klar, dachte ich, die Massai müssen ein Beutetier ja aus großer Entfernung erlegen.

Ich hielt den Speer über meine rechte Schulter, da sah ich am anderen Ende des Treppenhauses eine runde Zielscheibe stehen, die mit einem Fell bespannt war. Das ist *die* Gelegenheit, mich als Savannen-Jäger zu betätigten, kam mir in den Sinn. Ich holte aus und warf den Speer – verfehlte aber mein Ziel und traf die Rückenlehne eines Sessels, der neben der Zielscheibe stand.

Ich murmelte »oh, Verzeihung«, als wären die Hausherren zugegen und eilte zum Speer. Ich wollte ihn herausziehen, doch er steckte fest. Ich zog heftiger daran, er ließ sich aber nicht lösen. Schließlich stemmte ich mich mit einem Bein gegen die Rückenlehne und zerrte mit aller Kraft, da gab der Speer nach und ich fiel mit dem Rücken auf den Fuß eines Kandelabers. Kurz darauf hörte ich einen lauten Knall: Der Kerzenständer war umgefallen und das Zierglas an der Spitze hüpfte klirrend die Treppe hinunter. Ich rappelte mich auf, lief hinterher und bekam es gerade noch mit den Händen zu fassen, bevor es an der Wand zerschellte.

Lysander zischte von oben: »Was ist los?«

Ich antwortete flüsternd: »Alles in Ordnung, pst.«

Ich ging die Treppe hoch und richtete den Kandelaber mitsamt Zierglas wieder auf. Dann untersuchte ich das Loch in der Rücklehne des Sessels und staunte. Denn in der Lehne befanden sich ein halbes Dutzend Löcher. Da haben wohl schon andere Besucher Massaikrieger gespielt, murmelte ich schmunzelnd.

Ich stellte den Speer wieder in die Ecke und ging in den Salon. Im Halbdunkel entdeckte ich auf einer Kommode ein Samureischwert auf einem kunstvoll gearbeiteten Ständer liegen. Die Hausherren schienen wirklich ein Faible für Waffen zu haben. Ich sah mir das Schwert näher an und prüfte mit dem Daumen die Schneide. Die war scharf wie eine Rasierklinge. Junge, Junge, wenn man damit jemanden trifft, bleibt nichts mehr ganz.

Ich nahm das Schwert in beide Hände und hielt es schräg vor mich hin. Dann führte ich ein paar Hiebe aus. Ich dachte dabei an einen Samuraifilm, den ich kürzlich im Fernsehen gesehen hatte und spielte eine Szene nach: Ich war der erste Schwertmeister des Shoguns und musste ein Duell auf Leben und Tod ausfechten. Mein imaginärer Gegner war der berüchtigte Auftragsmörder »Golden Dagger«. Wir standen uns gegenüber und fragten uns, was der andere wohl plante. Plötzlich griff »Golden Dagger« an, doch ich konnte sein Schwert souverän wegschlagen. Auf diesen Trick falle ich nicht herein, sagte ich. Ich bin kein Himbeerbubi, das du so einfach überlisten kannst. Ich bin ein Schwertkampfmeister! Und jetzt werde ich meine berühmte Finte anwenden, mit der ich schon den schrecklichen Nishimura überwunden habe: Konterparade, Konterriposte und Ausfall!

Ein lautes Klirren riss mich jäh aus meiner Fantasie. Ich hatte eine Vase heruntergeschlagen.

Lysander zischte: »Sei doch still!«

»Pst«, machte ich.

Ich hob die Scherben auf und legte sie auf einen Beistelltisch. Auf der Innenseite einer Scherbe sah ich das Preisschild: 98,90 Euro. Geht ja noch, sagte ich mir. Ich legte das Schwert zurück und schlenderte weiter durch den Salon. An einem Gemälde entdeckte ich Kerben am Rahmen, die von Projektilen stammen mussten. Und als ich den Lichtkegel meine Taschenlampe an der Wand entlangstreichen ließ, sah ich Abplatzungen im Putz. Einige waren gespachtelt, andere frisch. Das sah aus, als ob hier jemand wild um sich geballert hätte. Aber in einem vornehmen Haus? Das konnte doch gar nicht sein. Oder waren die etwa Mitglied bei einem Wildwestklub und stellten zu Hause berühmte Shootouts nach? Mich beschlich ein unheimliches Gefühl. Im Wilden Westen war man mit Einbrechern nicht zimperlich umgegangen, auch wenn sie gar nichts stehlen wollten ...

Ich ging zu Jasmin und fragte sie, wie weit sie sei.

»Fast fertig«, antwortete sie.

Da hörte ich ein Auto aufheulen.

Ich lief zur Balkontür und sah die Scheinwerfer eines Autos die Auffahrt heraufschleichen. Verdammt, wer kann das sein, fragte ich mich. Wer immer das auch ist, er kann sicher die Strickleiter sehen. Ich schlich also auf den Balkon und griff nach der Leiter, doch in der Eile erwischte ich die Schnur und die Strickleiter fiel hinunter.

»Mist!«, fluchte ich.

Als das Auto näherkam, konnte ich die Insassen erkennen: Kein Zweifel, das waren die Streitwiesers! Ich schaute auf die Uhr: Kurz nach 22 Uhr. Das ist doch völlig unmöglich, »Aida« dauert immer bis 23 Uhr, die müssen in der Pause abgehauen sein. Ein lauter Knall riss mich aus meinen Überlegungen. Der linke Kotflügel des Alfa Romeos war an den Rand der Garage gekracht. Herr Streitwieser schrie: »Du blöde Kuh! Weißt du, was der kostet?«

»Ist mir doch egal«, antwortete eine schrille Frauenstimme.

»Ein Monatsgehalt!«

»Dann kauf eben einen billigeren. Ich mag die Rostlaube eh nicht, viel zu hart gefedert und zu eng.«

Frau Streitwieser stieg aus.

Herr Streitwieser sagte: »Gut, dann gehst du das nächste Mal zu Fuß.«

Beide gingen zur Haustüre.

»Wieso geht das Licht nicht an?«, fragte Herr Streitwieser gereizt.

»Wahrscheinlich ist der blöde Bewegungsmelder wieder kaputt«, antwortete sie.

Da Herr Streitwieser Richtung Veranda ging, schlich ich in der Hocke durch die Balkontür und schloss sie von innen. Kurz darauf hörte ich das Ehepaar im Hausflur streiten.

Jasmin und Lysander waren unterdessen in den Salon geeilt.

Jasmin fragte: »Und jetzt?«

Kaum hatte sie es ausgesprochen, hörten wir die Hausherren schon die Treppe heraufkommen.

»Hinter die Vorhänge«, zischte ich und flugs eilten wir dorthin. Jasmin versteckte sich auf der linken Seite der Balkontür und Lysander und ich auf der rechten.

Als die Streitwiesers den Salon betraten, konnte ich sie aus der Nähe und im Hellen betrachten. Beide hatten ein schmales Gesicht und eine Adlernase; irgendwie sahen sie aus wie Kampfhähne.

Frau Streitwieser sagte vorwurfsvoll: »Du hast mit der Bedienung geflirtet. Du hast sie regelrecht mit den Augen verschlungen und ihr in den Ausschnitt gestarrt!«

»Wohin sollte ich denn sonst schauen?«, antwortete ihr Ehemann. »Die hat mir ihre Monstertitten direkt ins Gesicht gepresst.«

»Pah«, sagte sie.

»Und was ist mit dir?«, fragte Herr Streitwieser. »Du hast mit dem Rennfahrer neben dir geturtelt. Du hast dich an ihn rangeschmissen wie eine läufige Hündin.«

»Spinnst du?«

Er äffte sie nach: »›Ach, Sie müssen aber stark sein, bei den breiten Schultern …‹, dann hast du ihm deine Titten ins Gesicht gedrückt.«

»Mir war mein Theaterzettel runtergefallen«, verteidigte sie sich.

»Ja, auf seinen Schwanz, du Schlampe!«

»Patsch« machte es. Frau Streitwieser hatte ihrem Mann eine Ohrfeige verpasst. Der lief rot an und schlang seine Hände um ihren Hals. Sie versuchte, seine Hände wegzudrücken, doch sie schaffte es nicht. Schließlich trat sie ihm vors Schienbein, sodass er vor Schmerzen auf der Stelle hüpfte und jaulte.

Plötzlich entdeckte sie die Scherben der Vase auf dem Boden. Sie rief: »Du hast meine Vase runtergeschmissen!«

»Habe ich nicht!«

»Hast du doch!«

»Habe ich nicht!«

Ich wollte schon hinter dem Vorhang hervortreten und die Sache aufklären, doch sie hatte inzwischen eine Scherbe genommen und warf sie ihm an die Brust.

»Du spinnst wohl!«, schrie er und warf die Scherbe zurück.

Beide liefen jetzt aufeinander zu und begannen zu raufen. Sie zogen sich gegenseitig an den Haaren, versetzten sich Boxhiebe und wälzten sich wenig später auf dem Boden herum. Nach einer Weile rappelte er sich auf und rief: »Es reicht! Ich mache das nicht mehr mit.«

Er holte aus einer Kommode eine Pistole, rannte ins Arbeitszimmer und schmiss die Tür zu. Wenig später erschallte ein Schuss.

Sie lief zur Tür, riss sie auf und – er saß gemütlich in einem Sessel und fragte unschuldig: »Is' was, Liebling?«

»Oh, du Scheißkerl!«, kreischte sie.

Jetzt lief sie zu einer Kommode, kramte eine Damenpistole hervor und verschwand im kleinen Salon. Wenige Augenblicke später knallte ein Schuss. Er lief zur Salontür, riss sie auf und – sie saß auf einem Sofa und fragte lächelnd: »Is' was, Liebling?«

»Du Miststück!«, schrie er.

Nun entbrannte ein Kampf um die Damenpistole, währenddessen sich Schüsse lösten. Die meisten Kugeln krachten in den Wänden des kleinen Salons, doch einer verirrte sich und traf Lysander am rechten Unterschenkel. Er wollt schon aufschreien, doch ich hielt ihm den Mund zu.

Unterdessen ertönten weitere Schüsse.

Jasmin flüsterte: »Was sollen wir tun? Die knallen uns noch ab.«

Lysander stöhnte: »Wir müssen die Polizei rufen.«

Ich sagte: »Willst du dich etwa als Einbrecher darüber beschweren, dass die Hausherren um sich ballern?«

Jasmin meinte: »Lieber im Gefängnis landen, als von einem irren Ehepaar erschossen zu werden.«

Plötzlich hörte ich in der Ferne das Tatütata eines Martin-Horns. Die Frage hatte sich also erledigt.

Das Ehepaar Streitwieser kam aus dem kleinen Salon gelaufen und eilte zum großen Fenster. Beinahe hätten sie uns hinter den Gardinen entdeckt.

»Schnell die Knarren weg«, sagte Frau Streitwieser, »wir haben keine Waffenscheine.«

Sie warfen die beiden Pistolen in unsere Richtung und eine traf mein linkes Schienbein. Ich wollte vor Schmerz aufschreien, doch dieses Mal hielt mir Lysander den Mund zu.

Dann klingelte es.

Die Streitwiesers zupften sich vor einem Spiegel ihre Kleidung zurecht und gingen betont lässig nach unten. Frau Streitwieser öffnete die Haustür und ich konnte sie flöten hören: »Guten Abend, Herr Wachtmeister, was kann ich für Sie tun?«

Eine dunkle Männerstimme sagte: »Eine gewisse Frau Unruh hat angerufen, sie habe Schüsse gehört.«

Frau Streitwieser sagte: »Ach, das ist nur unsere überspannte Nachbarin, die bildet sich das ständig ein, dabei war das nur eine Schießerei im Fernsehen.«

»Wirklich?«

»Aber ja.«

»Und Sie hatten keinen Streit, Frau Streitwieser?«

»Aber nein, wir heißen nur so«, und sie lachte gekünstelt.

Der andere Polizist fragte: »Und sonst ist alles in Ordnung?«

Herr Streitwieser sagte: »In allerbester Ordnung, alles paletti!«

»Das hört man gern. Wissen Sie, wir werden so oft zu Ehezwistigkeiten gerufen ...«

Frau Streitwieser flötete: »Da sind Sie bei uns an der falschen Adresse, wir lieben uns noch immer.«

Ihr Mann ergänzte: »Aber sicher, Schatzi.«

Jetzt lachten alle.

Der Polizist sagte: »Ja, wenn da so ist, dann wünschen wir Ihnen noch einen schönen Abend.«

»Ihnen auch.«

»Ach, übrigens«, sagte der Polizist, »stellen Sie das nächste Mal bitte Ihren Fernseher etwas leiser.«

»Machen wir, Herr Wachtmeister«, flöteten nun beide Streitwiesers.

Kaum war die Haustür ins Schloss gefallen, schrie Herr Streitwieser: »Du blöde Kuh, beinahe wären wir verhaftet worden!«

»Dabei hast du es mir zu verdanken, dass es nicht soweit gekommen ist. Hätte ich dem Bullen kein Honig ums Maul geschmiert ...«

»Genau wie dem Rennfahrer ...«

Das Ehepaar setzte den Streit fort.

Ich sah durch die Balkontür das Polizeiauto wegfahren.

»Los«, sagte ich, »verschwinden wir von hier. Die werden gleich wieder um sich ballern.«

Lysander ächzte: »Ich kann nicht.«

Ich blickte zu ihm und sah, dass er humpelte. So eilte ich zu ihm und untersuchte seine Wunde am Unterschenkel: »Nur ein Streifschuss an der Wade«, sagte ich, »nicht so schlimm.«

»Du hast Nerven.«

Ich sagte zu Jasmin: »Los, gib mir dein Halstuch.«

»Wozu?«

»Ich muss seine Wunde verbinden.«

»Aber das Tuch ist aus Seide.«

Lysander sagte: »Ich kauf dir ein neues.«

Jasmin gab mir das Tuch und ich schlang es um Lysanders Wade.

»Aua!«, seufzte er, als ich den Knoten festzog.

Dann begutachtete ich mein linkes Schienbein. Ich sah dort nur einen blauen Fleck, aber der tat höllisch weh.

Unter Schmerzen hinkte ich ins Arbeitszimmer und entdeckte unter einem kleinen Fenster einen Heizkörper. Der war ideal für eine Abseilaktion. Ich öffnete das Fenster und winkte beide Maler zu mir.

»Deinen Gürtel«, sagte ich zu Lysander.

»He?«, fragte er begriffsstutzig.

»Los, gib mir deinen Gürtel oder willst du runterspringen?«

Zögerlich entsprach er meiner Bitte und überreichte mir seinen Ledergürtel. Ich löste meinen, knotete beide zusammen und befestigte ein Ende am Heizkörper. Das andere Ende warf ich durchs Fenster nach unten.

»Jasmin, du seilst dich als erste ab«, kommandierte ich.

Lysander und ich halfen ihr, sich außerhalb des Fensters an den Gürtel zu hängen und sie ließ sich vorsichtig am Behelfsseil nach unten gleiten. Dann waren wir an der Reihe.

Als wir alle unten waren, hörten wir im Salon Scherben klirren.

»Nichts wie weg«, sagte ich.

Lysander blickte nach oben und fragte: »Und mein Gürtel?«

»Die Wonnen der Kunst bekommt man nicht geschenkt. Dafür muss man Opfer bringen«, wiederholte ich Jasmins Leitsatz.

Dann machten wir uns auf den Heimweg. Lysander und ich humpelten und wir mussten unsere rutschenden Hosen mit den Händen halten.

»Jetzt reicht es mir!«, sagte ich wütend, »ich mache diesen Scheiß nicht mehr mit!«

Lysander sagte: »Denk an Marisas Aktzeichnungen und die vielen Mädels …«

»Brauch ich nicht, ich krieg Alina jetzt auch so ins Bett …«

KAPITEL 19

Am Sonntagnachmittag klingelte es an der Wohnungstür. Ich wunderte mich darüber, denn ich erwartete keinen Besuch. Und die Zeugen Jehovas konnten es nicht sein, die klingelten immer vormittags. Wer also stand vor der Tür? Ich beschloss es zu ignorieren, doch das Klingeln hörte nicht auf. Normalerweise hätte ich mich darüber geärgert. Doch dieses Mal faszinierte es mich. Denn die Klingel wurde ganz leise betätigt, fast zärtlich, als würde sie jemand streicheln. Das will ich jetzt wissen, wer so liebevoll mit meiner Klingel umgeht, sagte ich mir und öffnete die Wohnungstür – Reue folgte auf den Fuß, denn draußen standen Jasmin und Lysander!

Ich sparte mir die Frage, was sie hierher geführt hatte. Das war sowieso klar. So sagte ich:»Nein! Kommt nicht infrage!«

Jasmin sagte:»Willst du uns nicht hereinbitten?«

»Wozu?«, fragte ich,»es ist alles gesagt.«

Lysander lächelte:»Aber bei einem Tässchen Kaffee plaudert es sich leichter.«

Wieso plaudern?, dachte ich, wenn es nichts zu plaudern gibt. Aber das waren eben Künstler, die ticken anders.

»Okay«, sagte ich genervt,»kommt rein.«

Jasmin eilte in die Küche und machte Kaffee. Kurz darauf deckte sie den Beistelltisch im Wohnzimmer und servierte Zuckergebäck. Damit sollte ich also bestochen werden.

Als wir im Wohnzimmer saßen, lachte Jasmin plötzlich auf. Sie deutete zu Lysanders Bild »Der agile Burschenschafter« und fragte:»Damit hat alles begonnen?«

Ich nickte und sagte:»Ich verfluche den Tag, an dem ich dieses Bild gekauft habe«, musste dabei aber schmunzeln.

Jasmin fragte: »Warum grinst du?«

»Weil ich Lysander beinahe mit einem Baseballschläger niedergeschlagen hätte.«

»Wirklich?«

Ich bejahte und erzählte ihr von unserer ersten Begegnung. Lysander unterbrach mich immer wieder, um die Dinge, wie er sagte »richtigzustellen«. So war ich plötzlich ein fieser Wohnungsinhaber, der einem unschuldigen Einbrecher hinterhältig aufgelauert hatte.

»Komisch«, sagte Jasmin, »was doch ein verschiedener Blickwinkel bewirken kann.«

»Das ist bei einem Einbruch immer so. Es kommt auf den Blickwinkel an«, sagte ich lachend.

»Apropos Einbruch«, wollte Lysander fortfahren, doch ich ließ ihn nicht ausreden.

Ich sagte: »Lysander, ich würde euch gerne helfen, ehrlich. Aber bei euren Aktionen geht einfach alles schief. Ihr zieht das Unglück magisch an, als ob ihr einen Magneten für Ärger in der Tasche hättet.«

Lysander sagte: »Wer so viel Pech hatte, kann nur noch Glück haben.«

Jasmin pflichtete ihm bei: »Genau, unsere Pechsträhne ist jetzt vorüber.«

Oh mein Gott, dachte ich, das sagen alle Verlierer! Doch die Aussicht auf eine weitere Aktzeichnung reizte mich. Denn Alina wollte von sich einen Bilderzyklus haben. Und dazu fehlten noch ein paar Exemplare.

So willigte ich schließlich ein und fragte: »Welches Bild und wo?«

Jasmin antwortete: »Es heißt ›Diamantenschmuggel‹ und hängt bei Jonathan Wackernagel.«

»Diamanten-Joe?«

»Ich weiß nicht.«

Ich erläuterte: »Groß, schwäbelt, hat eine Narbe auf der Stirn.«

»Ja, das ist er!«

»Sei ihr verrückt? Das ist ein Gangster, ein Halsabschneider wie er im Buche steht. Von dem müsst ihr die Finger lassen.«

»So übel wird er schon nicht sein.«

Ich sagte besorgt: »Der ist ein ausgefuchster Diamantenschmuggler und absolut skrupellos. Der macht euch alle, wenn er euch erwischt!«

Jasmin sagte: »Jetzt komm.«

Ich stand auf und wehrte mit den Händen ab: »Ich bin wirklich für jede Schwein ... ich meine, für jeden Bruch zu haben. Aber ich lasse die Finger von einem Schwerverbrecher. Und ihr solltet das auch tun.«

Lysander blickte mich entgeistert an: »Du hast ja Angst.«

»Ganz genau, und das mit gutem Grund! Es heißt, dass er ein halbes Dutzend Leichen im Keller hat. Und das ist wahrscheinlich noch untertrieben.«

Beide sahen mich an wie das Leiden Christi. Ich kannte diesen Gesichtsausdruck bereits von Lysander und wusste, dass sie nichts auf der Welt von ihrem Vorhaben abbringen konnte.

Ich raufte mir die Haare und sagte schließlich: »Das Einzige, was ich für euch tun kann – hier mein Dietrich.«

Ich zückte meinen Multifunktionsdietrich und überreichte ihn Lysander. Ich erklärte ihm kurz die wichtigsten Funktionen und sagte dann: »Vielleicht habt ihr Glück, ihr braucht großes Glück.«

Lysander steckte ihn ein.

Ich fuhr fort: »Und baldowert erst sein Haus aus, bevor ihr einbrecht, ja? Er darf auf keinen Fall zu Hause sein.«

Lysander grinste: »Ich bin ja bereits ein richtiger Profi ...«

Als ich sie wenig später zur Tür brachte, sagte ich kopfschüttelnd: »Das ist Selbstmord! Der reinste Kamikaze-Einsatz!«

»Wird schon schiefgehen«, meinte schmunzelnd Lysander und beide gingen gut gelaunt die Treppe hinunter.

Ich rief ihnen hinterher: »Gebt mir Bescheid, wie es gelaufen ist.«

KAPITEL 20

Seit zwei Tagen hatte ich von den beiden Malern nichts gehört. Und weder Lysander noch Jasmin gingen ans Handy. Da musste was passiert sein.

Um Informationen zu bekommen, ging ich abends in die »Titanic«, ein Treffpunkt für Kleinkriminelle und solche, die es noch werden wollten. Passenderweise war über der Kneipentür ein Modell des sinkenden Ozeanriesen angebracht – Oskar, der Kneipier, war für klare Verhältnisse.

An der Bar standen die üblichen Verdächtigen, die sofort verstummten, wenn man sich ihnen näherte. Ich forschte sie etwas aus, doch keiner wollte konkret werden. Alle ergingen sich in vagen Andeutungen. Ein Riesending sei am Laufen, es gehe um Millionen, sagten sie. Die wildesten Spekulationen rumorten daraufhin in meinem Kopf. Millionen! So viel ist doch Jasmins Gemälde gar nicht wert. Oder etwa doch? Diamanten-Joe heißt ja nicht umsonst so. Er missbraucht jeden Gegenstand zum Schmuggeln von Diamanten. Konnte es sein, dass in Jasmins Gemälde Diamanten versteckt waren und sie das Bild zum Übermalen entwendet hatte? Dann hätte Joe allen Grund, die beiden festzuhalten. Wie ich den Fall auch wendete, eins wurde mir klar: Ich musste nach dem Rechten sehen!

Gottlob kannte ich einen alten Kumpel von Joe, Harry. Der wusste immer Bescheid, was gerade lief.

KAPITEL 21

Am nächsten Nachmittag begab ich mich zum Hauptbahnhof, dem »Einsatzort« von Harry. Harry war ein Taschendieb, der es in der Unterwelt zu einem gewissen Ruhm gebracht hatte. Sein bester Trick war der »humpelnde Wanderer«. Und der ging so: Er hielt Ausschau nach einem Reisenden, der alleine an einem Stehtisch einen Imbiss aß; und wenn er ein Opfer gefunden hatte, hinkte er mit einem riesigen Rucksack zu ihm hin. Er lud den Ranzen in der Nähe des Touristen ab und sagte: »Ich muss dringend auf die Toilette. Könnten Sie bitte auf meinen Rucksack aufpassen, es wird heutzutage so viel gestohlen.«

Nach einer Weile kam er zurück und stellte sich an einen Nachbartisch, um nicht aufdringlich zu wirken. Wenn er dann zum Tisch des Reisenden gebeten wurde, packte er seinen Rucksack aus und ließ dabei wie zufällig alle seine Habseligkeiten auf die Tasche des Opfers fallen. Und in dem entstehenden Durcheinander stibitzte er dann dessen Geldbörse.

Als ich am Bahnhof ankam, spähte ich nach einem kleinen Mann mit Halbglatze und einem graumelierten Vollbart – und ich brauchte nicht lange nach ihm zu suchen. Harry stand bei den Stehtischen an einer Würstchenbude und hatte schon ein Dutzend Utensilien auf die Tasche einer rothaarigen Reisenden ausgeschüttet. Aha, dachte ich mir, gleich wird er sich bedienen. Und so geschah es auch. Blitzschnell griff er die Brieftasche seines Opfers und steckte sie in seine hintere Hosentasche. Dann packte er seine Sachen ein und humpelte davon.

Ich ging los und schnitt ihm den Weg ab. Als er vor mir stand, sagte ich: »Hallo Harry, wie geht's?«

Er war überrascht, mich hier zu sehen und murmelte: »Hallo Jimmy.«

Ich sagte: »Los, gib sie her!«

Er machte zunächst keine Anstalten, meiner Aufforderung nachzukommen. So sagte ich: »Dort stehen zwei Bahnpolizisten. Ich brauche nur zu winken und du wanderst ins Gefängnis, bei deinen Vorstrafen.«

Ich hielt die Hand auf und insistierte: »Los, her damit!«

Widerwillig rückte er das Diebesgut heraus.

»Übrigens«, fügte ich hinzu, »ich brauche noch eine Auskunft. Was hat Diamanten-Joe mit den beiden Malern gemacht?«

»Welche Maler?«, fragte er unschuldig. Doch in seinen Augen funkelte es. Das verriet mir, dass er log.

»Okay, wie du willst.«

Ich winkte den beiden Uniformierten zu, die sich darauf in Bewegung setzten.

Harry zischte mir zu: »Ist ja schon gut, die malen einen Van Gogh.«

»Was?«

»Die fälschen einen Van Gogh.«

»Und wo?«

»In Joe's Unterschlupf an der Domagkstraße.«

Die Bahnpolizisten hatten uns mittlerweile erreicht und der Größere der beiden fragte uns, was sie für uns tun könnten. Ich blickte zum Zugzielanzeiger und sah, dass in zehn Minuten ein Zug nach Lindau fuhr. So sagte ich zu ihnen: »Mein Bekannter würde gerne den nächsten Zug nach Lindau nehmen. Aber er hat sich beim Wandern den Knöchel verstaucht.«

»Was?«, raunte Harry.

Ich fuhr gelassen fort: »Wie Sie sehen, ist er zu schüchtern, um jemanden um Hilfe zu bitten. Und ich kann ihm nicht helfen, ich habe ein Rückenleiden. Könnten Sie ihn etwas stützen?«

Harry flüsterte: »Ich will nicht nach Lindau.«

»Doch«, wisperte ich zurück, »willst du schon.«

Die beiden Bahnpolizisten hatten sich mittlerweile bei ihm untergehakt und wollten losmarschieren. Da sagte ich: »Aber er muss noch eine Fahrkarte kaufen.«

Harry wollte protestieren, da zeigte ich ihm heimlich die gestohlene Geldbörse.

»Ist ja schon gut«, sagte er und humpelte mit den beiden Polizisten zum Fahrkartenautomaten. Er löste dort eine Fahrkarte und das Dreiergespann begab sich zum Bahnsteig 17, wo er in den Zug stieg.

Da ich Harry »entsorgt« hatte, konnte ich mich um die Rückführung des Diebesgutes kümmern. Ich ging zur Touristin und ließ in ihrer Nähe ihre Brieftasche zu Boden fallen. Einen Augenblick später bückte ich mich und hob sie auf mit den Worten: »Gehört die Ihnen?«

Sie erschrak und sagte: »Du meine Güte, das ist ja meine Geldbörse!«

»Sehen Sie bitte nach, ob noch alles da ist.«

Sie entsprach meiner Bitte und war sichtlich erleichtert, dass nichts fehlte. Dann zog sie einen Zehn-Euro-Schein heraus und streckte ihn mir entgegen: »Als Finderlohn.«

Ich wehrte ab, doch sie bestand darauf mit den Worten: »Ich danke Gott, dass es noch ehrliche Menschen gibt, nicht auszudenken …«

Ich nahm den »Finderlohn« entgegen und wünschte ihr noch eine gute Reise. Dann ging ich zum Bahnsteig 17, um sicherzustellen, dass Harry auch im Zug blieb. Die beiden Bahnpolizisten standen am letzten Waggon und gaben einer Reisenden Auskunft, so war Harry der Rückweg versperrt.

Als der Zug schließlich losfuhr, winkte ich Harry zum Abschied zu – der sah aus dem Fenster und fluchte wie ein Rohrspatz.

Um seine Abfahrt abzurunden, sang ich laut den Hans Albers-Song: »Goodbye Johnny, goodbye Johnny ...«

Die beiden Bahnpolizisten murmelten: »Schön, dass es noch echte Freundschaft gibt ...«

Nachdem ich Harry buchstäblich aus dem Weg geräumt hatte, stieg ich in die U5 und brütete über der Frage, wie ich die beiden Maler Diamanten-Joe entreißen konnte. Die Polizei wollte ich nicht verständigen, denn dann hätten die beiden Maler sicherlich von unseren nächtlichen »Wohnungsbesichtigungen« berichtet. Und Kumpane hatte ich nicht; ich arbeitete immer solo. Also musste ich gegen Joe und seine Schergen wohl oder übel allein antreten. Doch wie sollte ich gegen eine solche Übermacht bestehen?

Die Ansage des U-Bahnfahrers riss mich aus meinen Gedanken: »Nächste Haltestelle Lehel.«

Ich war in die falsche Richtung gefahren. Wenn das mal kein schlechtes Omen ist, sinnierte ich. Ich stieg aus und nahm die nächste U-Bahn in die Gegenrichtung. Meine Grübelei setzte ich fort. Als Erstes muss ich das »Einsatzgebiet« militärisch aufklären, stellte ich fest. Das ist das Allerwichtigste, besonders, wenn man allein gegen eine Streitmacht kämpft. Aber wie konkret vorgehen? Ich dachte über Tarnanzüge nach, über Attrappen und Zinnsoldaten, die ich aufmarschieren ließ. Auch zog ich in Erwägung, Joe's Feinde in der Unterwelt einen Tipp zu geben. Doch dann, schlussfolgerte ich, würden Jasmin und Lysander nur vom Regen in die Traufe kommen.

Wie ich so hin- und herüberlegte, übersah ich glatt, dass die U-Bahn meine Haltestelle erreicht hatte. Ich sprang auf und kurz bevor sich die Türen schlossen, konnte ich gerade noch hinaushuschen.

Als ich zu Hause ankam, setzte ich mich an mein Notebook und googelte die stillgelegte Papierfabrik an der Domagkstraße, in der ich Joe's Räuberhöhle vermutete. Und was ich da sah, verblüffte mich: Häuser und ganze Gebäudekomplexe standen verwittert in der Gegend herum. Die Eigentümer hatten anscheinend keine Lust, ihren Grund und Boden zu nutzen. Angesichts der Wohnungsknappheit war das eine unglaubliche Verschwendung. Aber wer's lang hat, lässt's lang hängen, das war schon immer so. Und dass sich in leerstehenden Gebäuden früher oder später »Ratten« einnisten würden, war auch klar.

Ich zoomte die verlassene Papierfabrik heran und fragte mich, was ich konkret unternehmen konnte. Da kam mir eine Idee. Ich ging in die Besenkammer und suchte nach zwei Gegenständen, die ich als »Rückversicherung« benutzen wollte. Und tatsächlich waren sie noch da, wo ich sie mal vor langer Zeit hingelegt hatte. Seltsam, dachte ich, sonst muss ich immer stundenlang nach alten Sachen suchen.

Ich testete beide Utensilien und war überrascht, dass sie noch einwandfrei funktionierten. Dann steckte ich sie in einen Rucksack und rief mir ein Taxi.

Der Taxifahrer, der fünf Minuten später vorfuhr, entpuppte sich als der totale Okkultist! Sein Auto war voller Kreuze, Pentagramme, Votivtafeln und Zaubersprüchen auf den Armaturen. Und aus dem Autoradio dudelten gregorianische Choräle.

Eine Votivtafel stach mir besonders ins Auge: Sie zeigte einen Taxifahrer, der eingeschlafen war und auf einen Abgrund zufuhr. Da erschien die Gottesmutter Maria, weckte ihn mit einem Glöckchen auf und gerade noch rechtzeitig konnte er das Steuer herumreißen.

Der glücklich Gerettete hatte erstaunliche Ähnlichkeit mit dem Taxler. Ich deutete auf die Tafel und fragte: »Sie?«

Er nickte und antwortete: »Ich war dieses Jahr in Altötting und habe es von einem Profi malen lassen.«

Na ja, dachte ich, das ist niveauloser Kitsch. Wahrscheinlich hatte es ein Kunststudent im ersten Semester angefertigt. Aber andererseits ging es hierbei nicht um Stilfragen, sondern um Religiosität.

Als wir zehn Minuten später an der Domagkstraße hielten, sagte er ängstlich: »Da wollen Sie hin, um diese Zeit?«

Ich nickte.

Er fuhr fort: »Sind Sie lebensmüde? Dort hausen Dämonen und Teufel. Schon viele sind dorthin gegangen und wurden nie wieder gesehen.«

Er hielt ein Kreuz in diese Richtung, um das Böse zu bannen.

Ich meinte: »So schlimm wird es schon nicht werden.«

»Hier, nehmen Sie das«, sagte er und er drückte mir einen Rosenkranz in die linke Hand.

Ich wehrte zunächst ab, doch er insistierte. »Sie müssen, sonst habe ich keine ruhige Minute.«

»Na gut.«

Er hing mir den Rosenkranz um den Hals. Dann holte er aus Handschuhfach einen Flakon hervor und besprizte mich mit Wasser.

Ich murmelte: »Weißwasser?«

Er nickte und setzte seine Spritzerei fort. Als er mir das ganze Fläschchen über den Kopf schütten wollte, wandte ich ein: »Jetzt ist aber gut. So geschützt kann mir wahrlich nichts passieren.«

»Ich werde für Sie beten.«

Nachdem ich ausgestiegen war, er machte das Kreuzzeichen über mir und fuhr mit quietschenden Reifen davon. Ich fragte mich, was er wohl tat, wenn er einen Fahrgast zu einem Bordell fuhr. Ob er dann Weihwasser in seinen Schritt spritzte ... und einen Rosenkranz drumherum wickelte ...

Mit einem mulmigen Gefühl ging ich auf die stillgelegte Papierfabrik zu. Hoffentlich geht mein Plan auf, dachte ich, sonst bin ich erledigt. Denn hier ist weit und breit kein Mensch, der mir zu Hilfe eilen könnte.

Nach etwa hundert Metern hatte ich die Industriebrache erreicht. Vor mir tat sich ein großer Raum auf, der wahrscheinlich mal eine Eingangshalle gewesen war. Die vierte Wand fehlte komplett; sicher hatte jemand die Ziegelsteine für seinen Hausbau entwendet. Ich ging über Schutthaufen zum Tresen, der über und über mit Staub bedeckt war, und dahinter saß – natürlich niemand!

Joe, du hast keinen Stil, murmelte ich. Du hättest wenigstens eine aufreizend gekleidete Empfangsdame installieren können, die lasziv flötet: »Herzlich willkommen, in Joe's Verbrechersyndikat. Hier finden Sie alles, was sonst nicht zu haben ist. Und«, sie lässt ihre Zunge über ihre rot geschminkten Lippen streichen, »auch ich habe einen Preis ... Wollen Sie ihn sehen?«

Und sie stülpt ihr Dekolleté nach außen, sodass man die Zahl auf ihrer üppigen Oberweite lesen kann.

Naja, vielleicht war ich auch zu anspruchsvoll oder zu romantisch. Wie dem auch sei, ich ließ das Foyer hinter mich und setzte meine Wanderung fort. Vorsichtig schlich ich von einem Raum zum nächsten, wobei jeder Raum so verwahrlost war wie der andere. Der Putz war von den Wänden und Decken gefallen und der heulende Wind wirbelte den Staub umher. Und überall raschelte und knarzte es. Ich kam mir vor wie in einem Gruselschloss, wo Fenster und Türen wie von Geisterhand auf- und zugehen. Fehlte noch, dass Graf Dracula aus dem Keller gespenstisch hochfährt ...

»Jiiiiiia« kreischte es vor mir und ich machte vor Schreck einen Hops. Was zum Teufel war das?

Ich suchte mit der Taschenlampe den Gang ab und sah in einer Ecke eine graue Katze kauern.

»Hast du mich erschreckt«, sagte ich vorwurfsvoll zu ihr. Doch sie machte sich nichts daraus und ging lässig davon. So cool wäre ich auch gerne.

Ich setzte meine Suche fort, da hielt ich plötzlich inne. Irgendetwas irritierte mich. Ich konnte es erst nicht einordnen und blickte in alle Richtungen. In der Dunkelheit jedoch war nichts zu erkennen. Was war das nur? Auf einmal wurde ich gewahr, dass sich das Heulen des Windes verändert hatte. Zur Regelmäßigkeit des Gewimmers mischten sich jetzt kurze, staccatoartige Spitzentöne. Es hörte sich an, als ob eine Frau gerade ekstatischen Sex hatte. Das war an sich nichts Besonderes, aber in diesen gruseligen Gemäuern ... in dieser Abgeschiedenheit ... Ich fragte mich, ob sie sich wohl freiwillig zu solchen Lauten hinreißen ließ. Doch meine Befürchtungen wurden sogleich zerstreut, denn das Gejaule ging in schrilles Gelächter über und jemand rief »Cut«. Damit war die Sache klar: Hier drehte jemand einen Porno!

Ich folgte den Wortfetzen, die durchs Geheul des Windes zu mir drangen und kam zu einem Raum, aus dem ein Lichtschein auf den Gang fiel. Ich spähte heimlich ins Zimmer und staunte nicht schlecht: In der Mitte stand ein weißes Himmelbett und links davon filmte ein Mann mit einer tragbaren Kamera. Auf dem Bett verwöhnte gerade ein Pornodarsteller seine Partnerin, angefeuert vom Regisseur, der dicht neben dem Bett stand. Er rief:»Schneller, Luigi, los gib Gas! Ja, so ist es gut. Mach sie fertig!«

Das ist hier ja wie beim Biathlon, dachte ich, wo die Athleten zu Höchstleistungen angetrieben werden. Und wenn er Schweizer wäre, dann würde er wahrscheinlich »Hopp Schwiz! Hopp Schwiz!« rufen.

Doch so sehr sich Luigi auch mühte, so richtig kam er nicht in Fahrt. Er fiel schließlich wie ein nasser Sack auf seine Partnerin und lamentierte:»Ich kann nicht, wenn du ständig dazwischen quatscht.«

»Das muss ich doch, ich bin schließlich der Regisseur.«

»Würdest du bei deiner Alten einen hochkriegen, wenn der Nachbar dich anfeuern würde?«, fragte er.

Die Pornodarstellerin lachte auf.

Der Regisseur antwortete:»Jetzt komm Luigi, du bist Italiener. Und ihr seid doch heiß wie Frittenfett, wenn ihr eine nackte Frau seht.«

»Aber nicht vor Publikum.«

»Das ist doch nicht so schwer.«

Jetzt stand Luigi auf und sagte herausfordernd:»Bitte, mach's besser.«

Die Pornodarstellerin fing an zu lachen:»Ausgerechnet Horst-Dieter, hahaha!«

Horst-Dieter fand das gar nicht lustig. Er stemmte seine Hände in die Hüfte und verdreht die Augen.

Auf einmal gellte ein schrilles »I-ah, I-ah, I-ah« durch den Raum. Ich lenkte meinen Blick nach rechts und sah in einer Ecke einen Esel stehen!

Die Pornodarstellerin sagte lachend: »Auch Eberhard findet das lustig.«

»Halts Maul, dummes Vieh!«, zischte der Regisseur in seine Richtung.

Ich hätte gerne geglaubt, dass es sich bei Eberhard um ein Haustier handelt, das man nicht alleine zu Hause lassen darf. Aber die näheren Umstände des Drehs ... das schmuddelige Genre ... und alles so still und heimlich in einer Industriebrache ... Ich hätte den Einsatz des Esels gerne abgewartet, aber ich musste schließlich die beiden entführten Maler finden. So ich setzte meine Suche nach Diamanten-Joe fort.

Ich schritt einen Gang entlang, den man nachts ohne Taschenlampe unmöglich hätte passieren können. So hoch ragten Schutt und Mörtel auf. Das ist wirklich ein 3000-Meter-Hindernislauf, sinnierte ich ...

Wieder wurde ich aus meinen Gedanken gerissen. Zum Heulen des Winds hatte sich ein mechanisches Geräusch gesellt. Es hörte sich an wie eine große Maschine mit vielen Metallteilen. Aber die Arbeit in diesem Werk wurde doch vor vielen Jahren eingestellt, überlegte ich. Ich horchte weiter und konnte aus den Geräuschen ein regelmäßiges Muster heraushören: Kein Zweifel, das war eine Druckmaschine! Was wird wohl in einer verlassenen Industriebrache nachts gedruckt, fragte ich mich schmunzelnd. Sicherlich keine Fix-und-Foxi-Hefte. Also konnte es nur Falschgeld sein. Und Falschmünzer sind bekanntlich vorsichtig. Das heißt, die hatten sicherlich Aufpasser postiert ...

Ich schlich vorsichtig weiter und blickte um eine Ecke. Und tatsächlich, da war einer. Er saß gelangweilt auf dem Boden und spielte irgendein Handygame. Wenn er auch auf sein Handy starrte, so einfach konnte ich an ihm nicht vorbei.

Ich musste also einen Umweg über einen Seitengang nehmen, der mich zu einer abseits stehenden Halle führte. Und zu meiner Überraschung entdeckte ich im aufgeweichten Boden Fußspuren. Entweder hatte hier eine Party stattgefunden oder ich war Diamanten-Joe auf den Fersen. Ich näherte mich vorsichtig der Halle und spähte durch ein zerbrochenes Fenster und voilà, ich hatte das Versteck gefunden: Inmitten eines Trümmerfelds beleuchteten mehrere Stehlampen Sofas, Couchtische und einen Kühlschrank. Das sah kitschig aus wie das Ambiente eines Rosamunde Pilcher-Films. Doch so romantisch war das Arrangement nicht. Denn hinter Säulen waren zwei Staffeleien aufgebaut, an denen zwei Gestalten arbeiteten. Ich nahm mein Fernglas aus der Umhängetasche und betrachtete die beiden Schemen nun in Vergrößerung. Und – Überraschung! Da standen Jasmin und Lysander! Jasmin legte wohl letzte Hand an ihr Bild »Diamantenschmuggler« an, während Lysander, wie von Harry behauptet, einen Van Gogh fälschte. Ich besah mir das Motiv näher und war verdutzt: Kein Heuschober oder Sonnenblumen, wie ich es erwartet hätte, sondern eine ältere Frau, die in einem Pelzmantel eine Straße entlangging.

Lysander legte den Pinsel weg und stützte beide Hände seitlich in die Hüfte. Anscheinend war er mit seiner Fälscherarbeit fertig. Nun stand ein Mann mit Halbglatze vom Sofa auf und ging zu ihm. Ich konnte ihn nur von hinten sehen und war mir nicht sicher, ob das tatsächlich Diamanten-Joe war. Er betrachtete das Gemälde und klopfte Lysander auf die Schulter. Los, murmelte ich, dreh dich endlich um. Er schien mich gehört zu haben. Denn er wandte mir das Gesicht zu und jetzt konnte ich die Narbe auf der Stirn erkennen. Kein Zweifel, das war Jonathan Wackernagel! Doch wo sind seine Gorillas? Meine Frage wurde umgehend beantwortet, als zwei Männer, groß wie Kleiderschränke, vom Sofaensemble aufstanden und zu Joe gingen. Dieser gab ihnen heimlich ein Zeichen, das bedeutete nichts Gutes. Lysander stand völlig unbekümmert da, anscheinend war ihm nicht bewusst, in welcher Gefahr er schwebte. Denn für gewöhnlich »entsorgen« Kriminelle ihre Helfershelfer, wenn die nicht mehr benötigt werden. Lysander hätte also besser die Fertigstellung des Van Goghs hinausgezögert.

Wie dem auch sei – Zeit für meine »Rückversicherungen«, murmelte ich. Ich griff in meine Tasche und holte ein tragbares Martinshorn und ein Megafon hervor. Anschließend ließ ich die Polizeisirene ertönen und schmetterte mit dröhnender Stimme: »Hände hoch, Polizei! Sie sind umstellt!«

Sofort griff Joe das Gemälde und alle drei Spitzbuben liefen davon.

Ich fuhr fort: »Hier ist die Polizei! Nehmen Sie die Hände hoch!«

Lysander und Jasmin taten, wie von der vermeintlichen Polizei geheißen und standen mit erhobenen Händen vor ihren Staffeleien.

Ich wartete noch eine Weile und schaltete schließlich das Martinshorn aus. Dann ging ich zu ihnen.

Als Jasmin mich erspähte, riss sie die Augen auf und sagte: »Du?«

»Wer sonst? Die Polizei traut sich schon lange nicht mehr her.«

Lysander zischte wütend: »Ich werde Diamanten-Joe anzeigen. Er hat mich entführt und gezwungen zu malen.«

»Aber ihr seid doch bei ihm eingebrochen?«

»Na, und?«

»Na, und? Einbruch ist eine Straftat!«

»Ach was, das ist nicht so schlimm. Viel schlimmer ist, dass ich gegen meinen Willen malen musste.«

Ich sah ihn verständnislos an.

»Verstehst du denn nicht? Malen für mich was Heiliges, wie beten. Darf man einen Menschen zum Beten zwingen?«

»Das macht die Kirche doch ständig. Ich glaube kaum, dass Kommunionkinder freiwillig zur Kommunion gehen und beten.«

»Ich bin aber kein Kommunionkind!«

Jasmin versuchte, Lysander zu beschwichtigen. Sie sagte: »Das war doch nicht so schlimm, Lysander.«

»Du kannst leicht reden, du bist ja auf deine Kosten gekommen.«

»Du doch auch!«

»Was?«

Er sah sie fassungslos an.

Jasmin sagte lachend: »Du hättest ihn sehen sollen, wie er beim Malen doziert hat. Er hat sich aufgeführt wie ein Kunstprofessor bei einer Vorlesung.«

Lysander winkte ab.

Jasmin fuhr fort: »Van Gogh hat dies gemacht, Van Gogh hat jenes gemacht, sehen Sie nur, wie gekonnt ich den Pinsel führe, nur ein Genie wie ich kann das nachmachen …«

Lysander wandte ein: »Das musste ich doch tun.«

Jasmin lachte auf: »Du solltest nur ein Bild fälschen und keinen Volkshochschulkurs abhalten.«

Ich fragte ihn: »Was war das überhaupt für ein Bild?«

Er drückte mir einen Bildband in die Hand und sagte: »Das da!«

Ich las laut den Titel: »Vincent van Gogh. Le opere disperse. Oltre 1000 disegni e dipinti citati dall'artista e introvabili.«

Ich blätterte darin und Lysander erläuterte: »Das sind Zeichnungen und Gemälde, die Van Gogh in seinen Briefen erwähnte, aber bis heute nicht gefunden wurden.«

»Okay«, sagte ich, »und welches hast du gemalt?«

Lysander schlug Seite 195 auf und Jasmin übersetzte den Brief von Van Gogh ins Deutsche: »Ich habe wieder in der Laan von Meerdervoort gearbeitet.«

»Was?«

Jasmin sagte: »Das ist eine Straße in Den Haag.«

Sie übersetzte weiter: »Vor mir liegt die Zeichnung einer Frau in einem schwarzen Merinowollkleid.«

»Was soll das bedeuten?«, fragte ich.

Lysander antwortete: »Das ist doch ganz einfach: Sie haben mich gezwungen, ein Bild zu malen, dass in einem Brief erwähnt wird, aber nicht aufgetaucht ist: ›Frau in einem schwarzen Merinowollkleid‹.«

»Das heißt, jetzt taucht es auf.«

»Ja, wahrscheinlich.«

Jasmin ergänzte: »Aber vorher müssen sie es auf alt trimmen.«

Ich fragte: »Geht das denn?«

Lysander antwortete: »Natürlich. Sehr leicht sogar.«

Er ging zu mehreren Tischen, die mit Malutensilien bedeckt waren, und fing an zu erläutern: »Hier, mit den UV-Lampen lässt man die Farbe bleichen.«

Er nahm ein Bügeleisen in die Hand: »Damit macht man die Leinwand spröde und erzeugt Risse.«

Er zeigte auf einen Fotokopierer: »Damit fälscht man den Kaufvertrag.«

»Wieso den Kaufvertrag?«, wollte ich wissen.

Der Eigentümer muss schließlich beweisen, dass er das Bild rechtmäßig erstanden hat.

»Verstehe.«

»Und dann muss man noch die Legende des Gemäldes erstellen.«

»Legende?«, fragte ich.

»Ja, den Lebenslauf. Der Besitzer muss den ›Lebensweg‹ des Gemäldes nachweisen, wenn es für echt erklärt werden soll.«

»Aber was ist mit den Farben und der Leinwand?«

Jasmin erläuterte: »Die stammen natürlich von 1882.«

Sie nahm eine rote Farbtube in die Hand: »Das kann man alles noch antiquarisch kaufen.«

»Und das Wasser?«

Sie zeigte auf eine Plastikflasche: »Natürlich destilliertes Wasser. Denn im modernen Wasser sind teilweise chemische Rückstände enthalten, die man nachweisen könnte. Zum Beispiel vom Kunstdünger, der ins Grundwasser gespült wurde.«

»Joe hat also an alles gedacht.«

Lysander sagte niedergeschlagen: »Ja, leider.«

Ich musste plötzlich lachen und sagte: »Aber Joe kann doch kein gefälschtes Bild auf dem Kunstmarkt anbieten, wenn die Fälscher da nicht mitmachen?«

»Warum nicht? Es steht Aussage gegen Aussage. Und ich kann nicht beweisen, dass ich den Van Gogh gefälscht habe, dazu bin ich zu gut.«

»Das heißt, du kannst dich nicht selbst überführen?«

»Wie denn? Ohne Beweise?«

Ich schüttelte den Kopf. »Das gibt's doch gar nicht.«

Lysander nickte bedröppelt und sagte: »Gibt's leider doch.«

Jasmin hatte inzwischen ihr Gemälde von der Staffelei genommen und zeigte es mir. Das Bild stellte einen Schmuggler dar, der Diamanten in einem Bilderrahmen versteckt. Ich musste schmunzeln und sagte: »Er verrät seine eigene Masche?«

Jasmin meinte: »Das ist eben Ganovenstolz. Er prahlt mit dem, wodurch er reich geworden ist.«

Sie begann spitzbübisch zu lächeln: »Übrigens nehme ich es zurück, als Entschädigung für die Entführung.«

»Du hast gut Lachen«, sagte Lysander neidisch.

Anschließend packten beide Maler ihre Sachen zusammen und wir machten uns auf den Heimweg.

KAPITEL 22

Einen Monat später, an einem Samstagnachmittag kam Lysander aufgeregt in meine Wohnung gestürmt. In den Händen hielt er eine Einladung des Kunstkritikers Eitelfriedrich Seifferditz, der für seine Soiree an diesem Samstag eine Sensation angekündigt hatte.

»Das kann nur mein Van Gogh sein«, sagte Lysander.

»Wieso bist du dir so sicher?«

»Der Seifferditz ist die Anlaufstelle für Fälschungen.«

»Du meinst, Diamanten-Joe hat ihn eingeweiht?«

»Natürlich nicht.«

Auf meinen fragenden Blick sagte er: »Eitelfriedrich ist der totale Dilettant! Aber weil er Beziehungen in höchste Kreise hat, wird er als Kunstkritiker ernstgenommen. Und dieses Renommee lässt er sich bezahlen: 10 % des Verkaufspreises verlangt er für eine »Expertise«.«

»Das heißt, bei einem Preis von zehn Millionen ... »

»... verdient er eine Million!«

Ich pfiff durch die Zähne.

Lysander sagte: »Aber dieses Mal werde ich ihm einen Strich durch die Rechnung machen.«

»Du willst da hingehen?«

»Natürlich.«

»Und Diamanten-Joe?«

»Der kümmert mich nicht.«

Ich blickte ihn skeptisch an.

»Was soll er schon gegen mich unternehmen, wo doch das ganz Haus voller Leute ist ...«

Ich hatte kein gutes Gefühl dabei. Aber Lysander ließ sich nicht von seinem Vorhaben abbringen. So machten wir uns am Abend mit Jasmin auf den Weg nach Grünwald zur Villa des Kunstkritikers.

Als wir am Derbolfinger Platz die Straßenbahn verließen, zog ein Gewitter auf und es fing an zu regnen.

Ich sagte zu Lysander: »Ich habe das Gefühl, das Wetter spiegelt deine Stimmung wider.«

Der antwortete: »Nicht im Geringsten. Nur ein Tornado, der über die Villa des eitlen Friedrich zöge, würde meiner Gefühlslage gerecht werden.«

Mit Regenschirmen über den Köpfen marschierten wir zur Hausnummer 222, hinter deren mannshoher Hecke sich eine prunkvolle Jugendstilvilla verbarg.

Da das Gartenzauntor offenstand, gingen wir zum Haus. Lysander deutete zum schmiedeeisernen Türklopfer und sagte: »Eitelfriedrich hat sein Konterfei als Apollon, dem Gott der Musen, abbilden lassen, so als hätte er von Kunst eine Ahnung.«

Lysander zog am Türklopfer und ließ ihn mit einem Knall in die Vertikale zurückfallen. Dann nahm er ihn in beide Hände und rüttelte klappernd daran. Kurz darauf erschien ein Butler und näselte: »Mein Herr, ich bin nicht taub. Wen darf ich melden?«

Lysander antwortete: »Lysander Lichtwitz mit Gefolge.«

»Treten Sie bitte ein.«

Der Butler führte uns in ein großzügig dimensioniertes Vestibül, in dem bereits andere Gäste warteten. Alle hatten Sektgläser in der Hand und unterhielten sich angeregt.

Nach einer Weile erschallte mit übertriebener Freundlichkeit: »Grüß dich Lysander, ja, so eine Freude.«

Ein Mann mittleren Alters in einem Smoking eilte auf uns zu. Lysander antwortete ebenso heuchlerisch: »Schön, dich zu sehen, Eitelfriedrich.«

Beide umarmten sich und schmatzten sie sich mehrere Bussis auf die Wangen.

Lysander wandte sich zu mir und sagte: »Darf ich vorstellen: Mein Passep – «

Ich fiel ihm ins Wort: » – Kunsthändler.«

Herr Seifferditz sagte: »Ah, endlich denkst du ans Geld. Wie läuft's denn so?«

Ich sagte: »Vor allem nachts kommen wir gut voran.«

Lysander warf mir einen bösen Blick zu.

Der Kunstkritiker sagte zu mir: »Er gilt ja in der Branche als der große Non-Finito! Nichts kann er fertigstellen.«

Ich sagte: »Wenn er dazu gezwungen wird, schon!«

Wieder erntete ich einen bösen Blick.

Lysander deutete zu Jasmin und sagte: »Übrigens, das ist Jasmin.«

»Hey«, sagte Herr Seifferditz, »was für ein reizender Anblick! Du Schlingel hast sie mir bisher vorenthalten.«

Er gab Lysander einen Knuff. »Du willst sie wohl für dich selbst.«

Jasmin verdrehte die Augen.

Nun war ein Donnergrollen zu vernehmen. Das Gewitter befand sich anscheinend über dem Haus.

Dann rief eine zittrige Frauenstimme: »Hallo, Eitelfriedrich!«

Der Gastgeber drehte sich um, riss die Arme hoch und eilte zu einer ältlichen Dame, die hinter uns die Vorhalle betreten hatte.

Er flötete: »Gräfin, Sie sehen reizend aus.«

»Danke, vielen Dank.«

»Nein, wirklich, Sie werden immer jünger. Und erst Ihr Teint!«

Tatsächlich war sie dermaßen überschminkt, dass bei einem Erdbeben wahrscheinlich zentimeterweise Spachtelmasse zu Boden gefallen wäre. Herr Seifferditz schien dies bemerkt zu haben, denn er begrüßte sie vorsichtshalber mit einem Handkuss. Er erwies ihr noch einige Förmlichkeiten, dann forderte er die Gäste auf, ihm in den großen Salon zu folgen.

Als ich den Salon betrat, traute ich meinen Augen nicht: Das gesamte Interieur war mit rotem Plüsch ausstaffiert. Es sah aus wie in einem Freudenhaus. Ich flüsterte zu Lysander: »War das mal ein Bordell?«

Er antwortete lächelnd: »Nein, aber jetzt.«

Der Gastgeber drehte sich um und sagte mit lauter Stimme: »Bis der musikalische Vortrag beginnt, delektieren Sie sich bitte am Büfett.«

Er deutete mit einer ausgreifenden Handbewegung in eine Ecke, in der ein opulentes Büfett aufgebaut war. Ein Raunen ging durch die Gästeschar und wir stürzten uns auf die kalten Platten.

Nach fünf Minuten Schlemmerei stand die Gräfin plötzlich neben mir und unterhielt sich mit dem Gastgeber. Sie fragte: »Eitelfriedrich, erzählen Sie doch mal, wie Sie zum Beruf des Kunstkritikers gekommen sind? Das war doch sicher ein Schlüsselerlebnis. Ich meine, so wie Moses die Zehn Gebote auf dem Berg Sinai von Gott empfangen hat.«

Ein lautes Donnern war zu hören.

Er antwortete: »Ganz so pathetisch war es freilich nicht. Aber in der Tat, es war ein gesegneter Augenblick, eine Sternstunde in meinem Leben, wenn Sie so wollen.«

»Wie das?«, wollte sie wissen.

»Nun, schon meine Eltern haben mein Talent, ein Werk auf einen Blick beurteilen zu können, früh erkannt.«

Lysander hüstelte pikiert.

Der Gastgeber fuhr fort: »Meine Eltern haben mich deshalb schon als Kind zu Ausstellungen und Kunstgalerien mitgenommen.«

Wieder donnerte es über dem Haus.

»An meinem 16. Geburtstag stellte mein Vater dann plötzlich die Frage: ›Na, Eitelfriedrich, was willste mal werden?‹ Und da sagte ich unwillkürlich, ohne, dass ich viel überlegt oder darüber nachgedacht hätte: ›Kunstkritiker!‹«

Ein Donnerschlag dröhnte, das Licht ging aus und die Frauen kreischten!

Nach einigen Augenblicken machten einige Gäste mit ihren Handytaschenlampen Licht und die Gäste beruhigten sich wieder.

Der Gastgeber sagte daraufhin: »Meine Damen und Herren, Gott hat nur meine Ausführungen kommentiert. Das macht er immer.«

Und er lachte selbstgefällig.

Lysander sagte: »Selbst wenn ihn der Blitz treffen würde, würde er das noch positiv darstellen ...«

Ich gluckste: »Natürlich, als Erleuchtung.«

Die Lichter im Haus gingen wieder an und die Gäste steckten ihre Handys weg.

Dann trat ein junger Mann zum Gastgeber und überreichte ihm eine Visitenkarte. Eitelfriedrich las den Namen, riss die Augen auf und rannte Richtung Tür, wo eine Greisin in einem schwarzen Seidenkleid stand. Er girrte: »Alexandra Michailowna Plissezkaja, ich grüße Sie! Ich grüße Sie herzlich! Seien Sie willkommen in meiner bescheidenen Hütte.«

Sie flüsterte etwas und er sagte eilfertig: »Natürlich dürfen Sie singen, ich möchte Sie sogar herzlich darum bitten. Leider nicht in meinem Musikzimmer, das muss renoviert werden.«

Sie machte ein verdrießliches Gesicht.

Er redete weiter auf sie ein: »Stellen Sie sich vor, man hat alte Fresken hinter dem Putz entdeckt. Ich wollte ja einfach … aber dann hat mich ein Bauarbeiter beim Amt für Denkmalschutz verpfiffen und ich musste die Arbeiten einstellen lassen. Und selbst wenn ich weiterbauen darf, werde ich die Fresken selbstredend restaurieren lassen …«

»Aber das wird kosten … oh mein Gott, Unsummen wird das verschlingen …«

Er schlug die Hände über den Kopf zusammen.

Die Russin wisperte ihrem Assistenten etwas ins Ohr, der daraufhin ein Scheckheft zückte und einen Scheck ausstellte.

Als Eitelfriedrich den Scheck entgegennahm und die Summe las, brach er in Jubel aus: »Danke! Alexandra Michailowna, vielen Dank! Sie sind eine echte Förderin der Kultur.«

Er nahm ihre rechte Hand und bedeckte sie mit tausend Küssen.

Lysander flüsterte mir zu: »Und die armen Gäste müssen's ausbaden.«

Ich sah ihn fragend an.

Er meinte: »Du wirst gleich sehen, beziehungsweise *hören* …«

Der Butler zog nun einen Vorhang zurück, hinter dem einige Stuhlreihen vor einem Flügel aufgestellt waren.

Der Gastgeber sagte darauf zu den Gästen: »Meine Damen und Herren, wenn Sie bitte Platz nehmen wollen, Großfürstin Alexandra Michailowna Plissezkaja wird uns wieder mit ihrem unbeschreiblichen Gesang verwöhnen.«

Jemand murmelte: »›Unbeschreiblich‹ ist das richtige Wort.«

Lysander raunte mir ins Ohr: »Das ist die Gelegenheit, uns etwas umzusehen.«

Er schob mich zur linken Seite des Salons, wo sich ein Durchgang mit einer Schiebetür befand. Ich öffnete die Tür einen Spalt und Lysander schlüpfte hindurch. Danach stellte ich mich ins Türkreuz und gab den interessierten Musikliebhaber.

Kurz darauf begann die russische Großfürstin mit ihrem musikalischen Vortrag. Sie sang:

An dem Strom der Mutter Wolga, ach,

an der breiten Fluten Fülle, ach,

peitscht der Wind die Wogen.

Die Zuhörer verzogen die Gesichter, als hätten sie in eine Zitrone gebissen. Dabei war das Lied an sich nicht der Grund. Was schrecklich anzuhören war, war das übertriebene Tremolo der Sängerin und das grauenhaft gerollte »R«. Und zu allem Überfluss traf sie alles, nur nicht die richtigen Töne.

Wie sie da am Klavier saß und voller Inbrunst krakeelte, erinnerte sie mich an die berühmte Falschsängerin Florence Foster Jenkins. Und die Reaktionen des Publikums waren entsprechend: Ein ältlicher Herr schaltete sein Hörgerät ab und lächelte darauf erleichtert. Ein anderer reichte Ohrstöpsel herum, anscheinend war er auf den Liederabend bestens vorbereitet.

Ganz vorne jedoch saß der Gastgeber mit Genießerpose und blickte pathetisch und maniert drein, als ob Maria Callas höchstpersönlich singen würde. Was für ein Schauspieler, dachte ich.

Die Großfürstin indes setzte ihre dilettantische Gesangsnummer fort:

Mit fester Stimme ruft der Steuermann:

Auf, Gesellen, rudert tapfer!

Lasst die Ruder kräftig schnellen,

durch der Mutter Wolga Wellen.

Neben mir stand plötzlich eine dickliche Matrone und stöhnte und seufzte.

Ich fragte sie:»Das tut weh, nicht wahr?«

Sie antwortete mit starkem russischen Akzent:»In der Tat! Die Großfürstin singt von unserer Heimat, Mütterchen Russland. Ach, wie gerne stünde ich jetzt an der Wolga ...«

»Und wieso leben sie dann in München?«, wollte ich wissen.

»Wie können Sie das nur fragen.«

»Ja, wieso?«

Sie antwortete:»Das Kindchen hat ja keine Ahnung. Ich weile fern der Heimat, damit mein Herz bluten kann ...«

Auf meinen fragenden Blick sagte sie:»Nur, was einem fehlt, kann man beklagen.«

»Aber Sie könnten doch zurück in Ihre Heimat?«

»Natürlich, aber dann könnte ich nicht weinen ...«

Sie seufzte wieder und machte ein Gesicht, als hätte sie Essig getrunken.

Ich murmelte halblaut:»Verstehe das, wer kann. Ich jedenfalls kann es nicht.«

Sie hatte das gehört und sagte:»Sie sind ja auch kein Russe! Nur ein Russe kann das verstehen.«

Auf einmal sah ich aus den Augenwinkeln Lysander gestikulieren. Ich flüsterte der Russin eine Entschuldigung ins Ohr und begab mich zu ihm.

Mit den Worten:»Ich hab's entdeckt!« führte er mich in einen kleinen Salon, wo eine mit einem grauen Tuch verhüllte

Staffelei stand. Er schlug das Tuch zurück und sagte: »Voilà, mein Bild!«

Ich war überrascht! Wenn auch das Motiv ungewöhnlich war – es zeigte eine Frau in einem Pelzmantel – so waren doch die Mahlweise mit den groben Pinselstrichen und die kräftigen Farben typisch für Van Gogh.

Ich sagte: »Ich bin zwar kein Kunstexperte, aber auf den ersten Blick wirkt es echt.«

Lysander sagte im Brustton der Überzeugung: »Es wirkt nicht nur echt, es ist echt!«

Ich wiegte den Kopf hin und her: »Na, ja …«

Lysander lenkte ein: »Okay, es ist fast echt.«

Er prüfte mit dem Zeigefinger die Farbe und bemerkte: »Trocken. Staubtrocken. Wie ich vermutet hatte, alles perfekt auf alt getrimmt.«

Er schaute verdrießlich drein: »Ich fürchte, da ist nichts zu machen.«

Doch so schnell wollte ich mich nicht geschlagen geben. Wenn sie auch den Kaufvertrag professionell gefälscht hatten, hatten sie vielleicht irgendwo Papiere herumliegen lassen, die sie als Fälscher entlarvten. So sagte ich zu Lysander: »Ich durchsuche mal Eitelfriedrichs Arbeitszimmer.«

Lysander erläuterte: »Das ist die Tür da hinten« und er deutete zu einer Holztür, die mit Intarsien verziert war. Ich ging zur Tür und drückte die Türklinke herunter, doch die Bürotür war verschlossen.

Ich wisperte: »Ein gutes Zeichen.«

»He?«

»Wer die Tür zu seinem Arbeitszimmer verschließt, hat etwas zu verbergen.«

Ich öffnete die Tür mit meinem Dietrich, trat ein und machte Licht – dann fiel mir die Kinnlade herunter. Denn das Zimmer war perfekt aufgeräumt. Nichts lag auf dem Schreibtisch herum. Keine Papiere, keine Quittungen, gar nichts. Als ob der Eigentürmer Besucher erwartete oder ungebetene Gäste. Ich musste schmunzeln, denn auch Polizisten, die eine Hausdurchsuchung machen, sind sicherlich ungebeten.

Ich ließ meinen Blick herumschweifen und entdeckte schließlich einen Karteikasten, der auf einer Kommode stand. Endlich mal was Greifbares, murmelte ich.

Ich sah mir die Registerkarten näher an und konnte drei Kategorien entziffern: »Hässlich«, »geht so«, »Schönheiten«.

Ich schlug die »Schönheiten« auf und blätterte darin herum. Auf jeder Karteikarte stand oben der Vorname einer Dame und unten einige Erläuterungen.

Unter »A« stand:

Alissa

Prolog: Empfehlung durch Kollege Greifenau

Tete-a-Tete 18.12.: Hinterzimmer Antiquariat Betzendorf

Epilog: Abtreibung

Unter »L« war zu lesen:

Liselotte

Prolog: Vernissage Galerie Schönfeld

Tete-a-Tete in ihrem Elternhaus

3. Akt: Coitus interruptus durch Eltern, aus Haus gejagt

Epilog: Hausverbot!

Unter »S« stand:

Sibylle

Prolog: Party

Tete-a-Tete 11.07.: Bayerischer Hof

Epilog: uneheliche Tochter Erika, Alimente

Unter »T« war aufgeführt:

Theresa

Prolog: Café Tomasino,

Tete-a-Tete 17.09.: Englischer Garten, unter Trauerweide,

5. Akt: Coitus interruptus durch Polizei

Epilog: Anzeige wegen Erregung öffentlichen Ärgernisses, 700 Euro Bußgeld

Und so ging es in einem fort ...

Lysander zischte mir zu: »Hast du was gefunden?«

»Nein, nur seine Liebschaften.«

Ich verließ das Zimmer und sperrte die Tür wieder ab.

Plötzlich drang heftiger Applaus vom großen Salon zu uns. Anscheinend hatte die Großfürstin »ausgekrächzt« und die Zuhörer klatschten, weil es endlich vorbei war.

Lysander und ich gingen zurück und ich konnte den Gastgeber sagen hören: »Liebste Alexandra Michailowna, Sie haben nichts von Ihrer Stimme eingebüßt. Es ist immer wieder ein Genuss, Ihnen zuzuhören.«

Die Großfürstin war sichtlich gerührt und sagte: »Danke, Eitelfriedrich. Soll ich noch eine Zugabe geben?«

Das blanke Entsetzen war auf den Gesichtern der Zuhörer zu sehen. Ein alter Mann stand auf und sagte: »Danke für das Angebot, aber ich würde jetzt gern den Van Gogh sehen.«

Alle pflichteten ihm bei.

Der Gastgeber lenkte ein und sagte: »Nun gut, kommen wir von einer Sensation«, er verbeugte sich vor der Großfürstin, »zur nächsten. Wenn Sie mir bitte folgen wollen ...«

Eitelfriedrich ging hinüber zum kleinen Salon und die Festgesellschaft trabte hinterher. Wie ich von hinten sehen konnte, hatten sich Diamanten-Joe und seine zwei Schergen neben der Staffelei aufgestellt. Als sie Lysander und Jasmin sahen, blieben sie völlig ungerührt. Sie schienen sich ihrer Sache sehr sicher zu sein. Lysander war nicht so cool. Er wollte sich schon auf sie stürzen, doch ich hielt ihn zurück.

Nachdem sich alle Gäste um die Staffelei versammelt hatten, rief der Gastgeber: »Bitte Trommelwirbel.«

Lysander lachte auf, wurde aber sogleich eines Besseren belehrt, denn hinter der Staffelei stand tatsächlich ein Tambourmajor, der die Trommel rührte.

Nun schlug der Gastgeber das Tuch zurück und es ertönten Ah- und Oh-Laute!

Der Kunstkritiker zeigte aufs Gemälde und sagte voller Stolz: »Ein Lebenstraum geht in Erfüllung! Ich bin heute in der glücklichen Lage, Ihnen ein verschollenes Gemälde von Vincent Van Gogh präsentieren zu dürfen: ›Frau in einem schwarzen Merinowollkleid‹.«

»Unglaublich!«, war aus der Menschenmenge zu hören, »fantastisch!«

Herr Seifferditz fuhr fort: »Als es mir zur Expertise gebracht wurde – und das zu sagen, schäme ich mich nicht – habe ich mich vor Freude eingenässt!«

Ein Raunen ging durch die Festgesellschaft.

Ich flüsterte zu Lysander: »Wie wird wohl sein Darm reagieren, wenn sich das Bild aus Fälschung entpuppt?«

Lysander antwortete grinsend: »Wahrscheinlich etwas Größeres …«

»Ich hoffe, er ist dann nicht gerade unterwegs … zum Beispiel in der neuen Pinakothek …«

»Er wäre nicht der erste Kunstexperte, der vor einer Fälschung mit voller Hose steht.«

Wir lachten beide hinter vorgehaltener Hand.

Der Gastgeber indes machte weiter mit seiner Präsentation: »Meine Damen und Herren, kommen wir nun zum stolzen Besitzer, Herrn Jonathan Wackernagel.«

Er zeigte auf Diamanten-Joe, der sich aufplusterte.

Der Kunstkritiker sagte zu ihm: »Herr Wackernagel, würden Sie uns bitte schildern, wieso Sie das Gemälde versteigern lassen wollen.«

Diamanten-Joe machte ein trauriges Gesicht und sagte in einem jammernden Tonfall: »Es tut mir in der Seele weh, dieses Gemälde, das mir über die Jahre ans Herz gewachsen ist, verkaufen zu müssen. Bedenken Sie, es hängt seit meiner Kindheit im Salon meines Elternhauses.«

Lysander lachte auf.

Diamanten-Joe fuhr unbeirrt fort: »Aber leider zwingt mich meine momentane finanzielle Lage ... Der verfluchte Aktienmarkt!«

Seine beiden Häscher mussten ebenfalls gegen das Lachen kämpfen und verzogen vor Anstrengung die Gesichter. Ihr Boss gab ihnen darauf einen Wink zu verschwinden, was sie auch sogleich taten.

Herr Seifferditz sagte zum Besitzer: »Herr Wackernagel, würden Sie uns jetzt bitte die Legende des Gemäldes schildern.«

Lysander flüsterte: »›Legende‹ ist gut.«

Diamanten-Joe antwortete: »Meine Großmutter hat das Bild 1920 als Hochzeitsgeschenk bekommen.«

Wieder lachte Lysander auf.

Der Eigentümer setzte seinen Vortrag fort: »Ihr Bräutigam hatte es in diesem Jahr vom Kunsthändler Kiesinger gekauft.«

Joe zeigte einen Kaufvertrag vor.

»Dieser hatte es als junger Mann 1882 von einer Holland-reise nach München mitgebracht. Und meine Großmutter hat das Bild dann an meine Mutter vererbt, inzwischen ist es in meinen Besitz übergegangen.«

Lysander flüsterte: »Sehr schlau: Nur ein Besitzerwechsel. Das heißt, er brauchte nur einen Kaufvertrag zu fälschen.«

Joe machte weiter mit seinem Sermon: »Wissen Sie, meine Mutter hat mich an ihrem Sterbebett gebeten, das Bild nicht zu verkaufen. Aber der Aktienmarkt ist nun mal unerbittlich.«

Er zückte ein Taschentuch und bedeckte damit seine Augen, die kein bisschen feucht waren.

Ich flüsterte zu Lysander: »Am Weinen muss er noch arbeiten, aber sonst ...«

Ich machte das Picobello-Zeichen.

Der Gastgeber sagte: »Danke, Herr Wackernagel, wir fühlen mit Ihnen.«

Dann hob er den Kopf und sagte mit der unanfechtbaren Selbstsicherheit eines Experten: »Meine Damen und Herren, des einen Leid, ist des anderen Freud. Eines der berühmtesten Gemälde Van Goghs: ›Frau in einem schwarzen Merino-wollkleid‹, ist plötzlich aus dem Dunkel der Vergangenheit zu uns ins Licht der Gegenwart gelangt.«

Lysander kommentierte: »Eher aus der Dunkelheit der Unterwelt.«

»Pst«, machte jemand.

Herr Seifferditz fuhr fort: »Der berühmte Holländer hat hier zu seiner Meisterschaft gefunden. Sehen Sie die Linienführung, der pastöse Farbauftrag, der Malstil, alles typisch für Van Gogh.«

Lysander schwellte vor Stolz die Brust.

Der Kunstkritiker setzte seine »Expertise« fort: »Und auch das Alter passt. Sehen Sie, über hundert Jahre Sonnenlicht haben ihre Spuren hinterlassen.«

Jasmin flüsterte: »Er meint eine Woche UV-Lampe.«

Der Kunstexperte deutete auf die Leinwand: »Und hier die Risse. Das kommt vom Alter.«

Lysander ergänzte: »Eher von einem Bügeleisen.«

Herr Seifferditz ließ sich durch die Zwischenrufe nicht stören. Unbeirrt dozierte er seinen Stiefel herunter: »Und am Rahmen sieht man Dellen und Abplatzungen, wie man es von einem hundertvierzig Jahre alten Gemälde erwarten kann.«

Lysander rief dazwischen: »Beziehungsweise von einer versierten Schreinerei.«

Die russische Großfürstin drehte sich nun zu uns um und sagte mit ihrem harten Akzent: »Also, Ihre Zweifel sind lächerlich. Haben Sie denn keinen Respekt vor dem Schöpfer dieses genialen Gemäldes?«

Lysander antwortete: »Ich habe den größten Respekt vor dem Schöpfer dieses Bildes. Ich verehre ihn, ich bewundere ihn sogar! Aber genau das ist mein Problem.«

»Sie reden in Rätseln.«

Der Kunstexperte hielt nun ein Buch hoch und sagte: »Aber der stärkste Beweis für die Echtheit des Gemäldes ist dieses Werk: »›Vincent van Gogh. Le opere disperse. Oltre 1000 disegni e dipinti citati dall'artista e introvabili‹, von De Robertis und Smolizza. Das sind Zeichnungen und Gemälde, die Van Gogh in seinen Briefen erwähnte, aber bis heute nicht gefunden wurden.«

Er schlug eine Seite auf und las vor: »›Ich habe wieder in der Laan von Meerdervoort gearbeitet‹.«

Der Kunstkritiker erläuterte: »Das ist eine Straße in Den Haag.«

Er zitierte weiter: »›Vor mir liegt die Zeichnung einer Frau in einem schwarzen Merinowollkleid‹.«

Er legte das Buch weg und sagte: »Meine Damen und Herren, ich habe keine Kosten und Mühen gescheut, die Echtheit des Gemäldes zu beweisen. Ich bin nach Den Haag gefahren und habe Fotos von der Straße ›Laan von Meerdervoort‹ gemacht und sehen Sie selbst ...«

Er hielt ein DIN-A3-Foto der besagten Straße neben das Gemälde – ein lautes Raunen der Zuhörer war die Reaktion.

»Es stimmt genau überein. Das Bild ist echt!«

Applaus brandete auf und die Gräfin rief: »Eitelfriedrich, du bist der Größte!«

Eine andere Dame rief: »Herr Seifferditz, Sie sind eine Koryphäe! Niemand kann Sie täuschen.«

Der Gastgeber errötete und lächelte geschmeichelt.

Plötzlich meldete sich Jasmin zu Wort: »Ich möchte die allgemeine Freude nicht trüben. Aber könnte es sein, dass es sich nicht doch um eine raffinierte Fälschung handelt? Was wäre zum Beispiel, wenn versehentlich modernes Terpentin verwendet worden wäre?«

Der Kunstkritiker lächelte herablassend und sagte: »Das ist natürlich nur eine Hypothese.«

Jasmin erhob ihre Stimme und sagte: »Meine Damen und Herren von der Presse, würden Sie diese Hypothese bitte in der nächsten Ausgabe ausführlich darlegen.«

Die Großfürstin sagte empört: »Fälschung? Unmöglich! Was erlaubt sich dieses freche Gör?«

Jasmin unterbrach sie: »Denken Sie nur an die Hitler-Tagebücher. Die wurden ja auch nur durch eine Materialprüfung des Papiers als Fälschungen entlarvt.«

Nun entstand ein heftiger Tumult. Einige Leute riefen: »Unerhört!«, »skandalös!«, »muss man sich das bieten lassen?«

Der Kunstkritiker beschwichtigte mit den Händen und rief: »Meine Damen und Herren, ich bitte um Ruhe. So beruhigen Sie sich doch.«

Nach einer Weile verebbten die Zwischenrufe und Eitelfriedrich fuhr fort: »Ich werde eine Materialprüfung sofort in die Wege leiten. Und«, er lächelte überlegen, »ich sehe dem Ergebnis mit größter Gelassenheit entgegen.«

Die Gräfin rief: »Das möchte ich auch meinen.«

Als wir kurz darauf die Soiree verließen, trafen wir am Ausgang auf Diamanten-Joe und seine zwei Schergen. Diese lächelten hämisch und Joe sagte zu Lysander: »Vielen Dank, dass du den Van Gogh perfekt gefälscht hast. Das macht mich zum Millionär.«

Lysander zischte: »Du mieser Gauner!«

Er wollte wieder auf ihn losgehen, doch ich zog ihn weiter.

Jasmin lächelte und sagte: »Wer zuletzt lacht, lacht am besten.«

Draußen auf der Straße sagte Lysander zu Jasmin: »Die Materialprüfung bringt doch nichts. Ich musste destilliertes Wasser verwenden, da gibt es keine chemischen Rückstände.«

Jasmin sagte: »Abwarten …«

KAPITEL 23

Am Dienstagabend rief mich Alina an. Sie sagte: »Du, ich bin gerade in der Nähe deiner Wohnung, kann ich auf einen Sprung vorbeischauen?«

»Aber immer, meine Odaliske«, scherzte ich.

Nachdem ich aufgelegt hatte, wurde mir schlagartig bewusst, dass ich keine Aktzeichnung auf Lager hatte. Und sie wollte sicher wieder einen Akt von mir haben. Tja, ich würde ihr wohl reinen Wein einschenken müssen, denn auf Dauer war das Arrangement mit der Aktzeichnung nicht durchzuhalten.

Kurz darauf stand sie vor meiner Wohnungstür. Obwohl sie gewöhnlich angezogen war mit Jeans und weißer Bluse, verzauberte sie mich. Eine Schönheit wie sie kann eben alles tragen, dachte ich mir und gab ihr ein Küsschen.

Während ich eine Flasche Sekt öffnete, schlenderte sie durchs Wohnzimmer. Vor dem Gemälde »Der agile Burschenschafter« blieb sie stehen.

Sie sagte: »Das ist aber witzig. Ich kann mir regelrecht vorstellen, wie der Burschenschafter in der großen Pfütze landet und ein dummes Gesicht macht. Hast du das gemalt?«

»Nein, Lysander, ein Bekannter.«

Ich kredenzte ihr ein Glas Sekt und wir tranken einen Schluck.

Dann sagte ich zu ihr: »Alina, ich muss dir was beichten.«

Sie lächelte und sagte: »Du siehst aus, als hättest du was ausgefressen.«

»Hab ich auch.«

»Was denn?«

»Wie soll ich dir das sagen?«

Ich holte tief Luft und sagte: »Die drei Aktzeichnungen ... die waren nicht von mir.«

Sie sah mich schweigend an, plötzlich lachte sie los: Haha-ha, ein guter Witz, den hab ich nicht kommen sehen.«

Ich beteuerte: »Nein, im Ernst, ich hab sie von einer Bekannten zeichnen lassen.«

Alina verstummte und blickte mich peinlich berührt an. Sie sagte: »Jimmy.«

»Ja.«

»Ich muss dir auch was sagen. Es tut mir leid, dass ich immer eine Aktzeichnung von dir verlangt habe, so als ginge es mir nur darum. Und es ist richtig, dass du mich darauf hinweist. Ich wollte mich deshalb bei dir entschuldigen.«

Ich war baff. Meine Mea-culpa-Nummer nahm eine überraschende Wendung. Aber ich wollte endlich reinen Tisch machen, dazu bedeutete mir Alina zu viel.

So sagte ich: »Aber ich kann wirklich nicht zeichnen.«

»Du musst mich nicht mehr darauf beharren, ich lieb dich auch so.«

Und sie gab mir einen Kuss.

Ich nahm ein Blatt Papier und kritzelte ein Strichmännchen: »Das ist alles, was ich kann.«

»Und wie hast du das dann gemacht? Kannst du zaubern?«

Ich antwortete: »Nein, ich habe von Marisa, einer Bekannten, den Akt nach einem Bikini-Foto von dir zeichnen lassen. Dann habe ich die Zeichnung aufgespannt und darüber ein Blatt Papier geklebt, zum Kritzeln. Am Schluss der Malsitzung habe ich dann einfach das Papier heruntergerissen und voilà! Der Akt war fertig.«

»Wow, das ist ausgebufft!«, sagte sie. »Und warum das alles?«

Ich sah sie verliebt an: »Weißt du das wirklich nicht?«

Bevor sie antworten konnte, zog ich sie auf meinen Schoß und küsste sie leidenschaftlich.

Als sich unsere Lippen wieder trennten, sagte sie: »Deshalb?«

»Ja, und weil du ein hübsches Gesicht hast, ein nettes Lächeln, einen süßen Charme ...«

Jetzt küsste sie mich leidenschaftlich.

Als sie ihre Lippen wieder von den meinen löste, sagte sie: »Aber ich habe dich unterbrochen ...«

Ich sah sie fragend an.

»Du wolltest mir doch den Grund nennen, wieso du das alles veranstaltet hast.«

»Nun ja, weil du eine tolle Ausstrahlung hast, ein nettes Wesen, eine gute Figur ...«

Jetzt küsste sich mich erneut.

Nachdem wir wieder zu uns gekommen waren, sagte sie: »Wenn du kein Maler bist, was bist du dann?«

»Ein Passepartout.«

»Was?«

Ich erzählte ihr von den Wohnungsbesichtigungen und was dabei alles schiefging.

Sie lachte auf und sagte: »Ach komm, du schwindelst doch schon wieder.«

»Nein, wirklich nicht.«

Plötzlich stand sie auf, ging zum Fenster und schaute nach draußen. Sie zeigte nach unten und sagte: »Kannst du den Porsche da knacken?«

Ich ging zu ihr und blickte nach unten. Auf einem Parkstreifen stand ein gelber Porsche 911 Cabrio.

Alina sagte: »Ich wollte schon immer mal mit so einem Sportwagen durch die Gegend düsen.«

Ich entgegnete:»Ich kann doch nicht einfach ein Auto aufbrechen, noch dazu am helllichten Tag.«

Sie gluckste:»Hab ich mir's doch gedacht, dass du geflunkert hast.«

Wie ich erkennen konnte, handelte es sich um einen Oldtimer mit einem analogen Schloss, also kein Problem.

Ich sagte:»Okay, komm mit – aber danach sperr ich die Tür wieder zu.«

Wir gingen nach unten und als ich direkt vor dem Auto stand, fiel mir auf, dass es im absoluten Halteverbot stand. Vom Besitzer war nichts zu sehen.

Nachdem ich mich erneut vergewissert hatte, dass wir alleine waren, zückte ich meinen Dietrich und nach wenigen Sekunden war die Fahrertür offen.

Alina sagte:»Los, wir drehen eine Runde!«

»Das können wir doch nicht machen!«

In diesem Augenblick näherte sich ein Abschleppwagen. Da sonst kein Auto in der Nähe war, war er offensichtlich wegen dem Porsche gerufen worden.

Ich dachte mir, bevor er kostenpflichtig abgeschleppt wird, kann ich auch eine Runde drehen, das kommt dem Besitzer immer noch billiger. So stieg ich ein und öffnete die Beifahrertür; und nachdem Alina Platz genommen hatte, düsten wir auch schon los.

Als der Mann im Abschleppwagen uns davonfahren sah, schimpfte und gestikulierte er uns hinterher.

Ich rief:»Tut mir leid, Junge, ich war zuerst da«, und wir lachten lauthals.

Alina animierte mich:»Los, gib mal kräftig Gas.«

Ich gab Gummi und so brausten wir röhrend durch die Stadt. Meiner Beifahrerin konnte es dabei nicht schnell genug gehen und sie forderte mich auf, rote Ampeln zu überfahren, doch ich bremste jedes Mal scharf und hielt an.

Als wir wieder einmal vor einer roten Ampel standen, fragte sie mich:»Warum hältst du? Strafzettel können uns doch egal sein.«

Ich antwortete:»Ich habe den Wagen geklaut, also bin ich auch dafür verantwortlich.«

»Du meinst, du bist ein ehrbarer Dieb?«

Ich nickte.

Sie sagte:»Du bist süß«, und sie gab mir einen Kuss.

Dann sagte sie:»Jetzt zur Leopoldstraße. Ich möchte mal an den Straßencafés vorbeicruisen und eine Dame von Welt spielen.«

Gesagt, getan. Kurz darauf bogen wir auf die Prachtstraße ein und ich öffnete das Dach. Ich spielte auf meinem Handy »Born to be wild« von Steppenwolf und wir grölten den Text lautstark mit. Passanten und andere Autofahrer schüttelten lachend mit dem Kopf oder zeigten uns den hochgereckten Daumen.

Wie ich sehen konnte, genoss Alina die neidischen Blicke der Frauen und die begehrlichen der Papagallos. So musste ich den Boulevard mehrmals abfahren. Nachdem wir zweimal rauf- und runtergefahren waren, sagte ich:»Ich muss den Wagen zurückbringen, bevor er als gestohlen gemeldet wird.«

Wir fuhren also zurück und ich parkte den Sportwagen regelkonform auf der gegenüberliegenden Straßenseite. Nachdem wir ausgestiegen waren, kam aus dem Haus gegenüber ein Mann im Businessanzug.

Ich zischte Alina zu:»Das ist sicher der Besitzer, schnell, wir verstecken uns hinter einer Litfaßsäule.«

Sekunden später standen wir hinter der Säule und lugten hervor.

Der Besitzer runzelte die Stirn und blickte sich mehrmals um. Er fragte sich sicherlich, wieso sein Wagen plötzlich auf der anderen Straßenseite steht. Aber ohne sich weiter Gedanken zu machen stieg er ein und brauste davon.

Wir gingen zurück in meine Wohnung ...

Und als wir später im Bett lagen, flüsterte sie schelmisch: »Jetzt hast du den Schlüssel zu meinem Herzen gefunden.«

»Ja, endlich«, antwortete ich und wir schliefen selig umschlungen ein.

KAPITEL 24

Zwei Wochen später besuchte ich die beiden Maler in Lysanders Atelier. Lysander war gerade dabei, das Gesicht eines Modells zu malen, Jasmin las in einer Modezeitschrift. Zu meiner Überraschung saßen drei weitere Modelle in Bademänteln auf dem Diwan.

Ich fragte ihn: »Wieso hast du vier Modelle?«

Die erste Frau auf dem Diwan sagte: »Weil er von mir nur den Po will.«

Die zweite: »Von mir die Brüste.«

Die dritte: »Von mir die Taille.«

Das Modell vor der Staffelei sagte stolz: »Von mir will er das Gesicht.«

Lysander zuckte mit den Schultern und sagte: »Ich habe kein ideales Modell gefunden.«

Ich fragte: »Also Stückwerk?«

Jasmin erläuterte: »Das hat eine lange Tradition. Zeuxis von Herakleia hatte immer mehrere Modelle, von denen er das Beste übernahm.«

Das zweite Modell sagte daraufhin: »Dann hätte er von mir das Gesicht nehmen müssen.«

Das dritte: »Nein, von mir.«

Lysander rief dazwischen: »Schluss damit! Ihr habt euch mit diesem Arrangement einverstanden erklärt.«

Das erste Modell jammerte: »Ja, leider.«

Jasmin hatte mittlerweile den Fernseher angeknipst und schaltete auf das erste Programm. Dort lief gerade die Tagesschau.

Lysander fragte sie gereizt: »Wieso siehst du dir plötzlich immer die Tagesschau an?«

»Ich bin eben vielseitig interessiert.«

Nachdem von einem Hurrikan in der Karibik berichtet worden war, erschien plötzlich folgende Schlagzeile:

»Sensation in der Kunstwelt: Das kürzlich aufgetauchte Gemälde ›Frau in einem schwarzen Merinowollkleid‹ von Vincent van Gogh aus dem Jahr 1882 wurde als Fälschung entlarvt. Die Materialprüfung des Landeskriminalamtes stellte in der Farbe chemische Substanzen fest, die erst seit 1970 hergestellt werden.«

Lysander und ich sahen uns erstaunt an. Jasmin hingegen machte eine Handbewegung, wie wenn sie eine Flüssigkeit schütten würde …

Lysander lachte plötzlich laut auf, doch ich verstand nur Bahnhof.

Er sagte: »Verstehst du nicht? Das Terpentin … Jasmin …«

Er machte die Handbewegung nach. Jetzt musste ich auch lachen: »Du hast einen Schuss Terpentin ins destillierte Wasser gekippt?«

Jasmin nickte glucksend.

Lysander sagte: »Ach, deshalb warst du gegenüber Diamanten-Joe so siegessicher.«

»So ist es.«

Im Fernsehen erschien nun ein Polizeibericht. Demnach hatte es mehrere Razzien gegeben. Eine beim vermeintlichen Besitzer Jonathan Wackernagel, genannt Diamanten-Joe. Es wurde gezeigt, wie seine Komplizen abgeführt wurden. Diamanten-Joe war leider entkommen; ein internationaler Haftbefehl wurde ausgestellt.

Eitelfriedrich Seifferditz hatte ebenfalls Besuch von der Polizei bekommen. Vor den Kameras der Presse hielt der

Kunstexperte eine kleine Ansprache: »Ich wusste nichts von diesem Schwindel. Ehrlich! Im Übrigen sind alle laufenden Expertiseverfahren davon nicht betroffen.«

Wir lachten auf. Lysander bemerkte: »Keine gute Werbung für den großen Kunstkenner.«

Jasmin sagte: »Der ist jetzt so glaubwürdig wie der Entdecker der gefälschten ›Hitler-Tagebücher‹.«

Im Fernsehen interviewte eine Reporterin den Kunstexperten: »Herr Seifferditz, wie kommt es, dass in diesem Jahr bei Ihnen schon die dritte Razzia durchgeführt wurde?«

»Mein Gott, das ist eben ein schwieriges Umfeld, in dem ich mich bewege.«

Jasmin gluckste: »Kunstfälschungen sind immer ein schwieriges Umfeld.«

Lysander girrte und dichtete:

Was ein echter Kunstexperte ist,

hat die Polizei zu Gast bei sich.

Wir lachten herzhaft über den gelungenen Reim.

Herr Seifferditz fuhr mit seinem Interview fort: »Ich wurde Opfer eines genialen Fälschers.«

Lysander sagte stolz: »Der meint mich.«

Der Kunstkenner erläuterte: »Mein profundes Fachwissen und meine enorme Kompetenz hat dieser Fälscher gegen mich gewandt. Nur jemand, der ein absoluter Fachmann ist wie ich, konnte mich selbst überlisten. Gerade mein Irrtum bestätigt mich als Experte!«

Die Reporterin runzelte die Stirn.

Jasmin reagierte ähnlich. Sie sagte: »Entschuldigt sich für seine Fehleinschätzung, indem er sich über den grünen Klee lobt. Was für ein eitler Fatzke!«

Plötzlich schoss mir ein Gedanke durch den Kopf: »Verdammt, wir sind in größter Gefahr. Was meinst du, was Diamanten-Joe jetzt tut?«

Lysander antwortete: »Er türmt.«

»Ja, aber vorher?«

In diesem Augenblick flog die Ateliertür auf und Diamanten-Joe kam mit einer Pistole in der Hand hereingestürmt. Die vier Modelle kreischten auf und liefen wie hysterische Hühner in die Küche.

Der Gangster schrie Lysander an: »Du mieser Anstreicher! Jetzt hast du ausgemalt!«

Lysander sagte: »Was kann ich dafür, wenn ihr kein destilliertes Wasser verwendet habt.«

»Basti sagt, das Wasser war in Ordnung, bevor ihr aufgekreuzt seid.«

»Glaubst du etwa einem verblödeten Lakai? Ihr habt schlampig gearbeitet, dafür kann ich nichts.«

Der Diamantenschmuggler ging auf Lysander zu und trieb in die Enge: »Jetzt kannst du ›Die Höllenfahrt‹ von Hieronymus Bosch malen, denn dort wirst du gleich landen.«

»Nein«, entgegnete Lysander, »wenn ich den Pinsel abgeben muss, dann male ich ›Die Himmelfahrt Christi‹ von Rembrandt.«

»Ha«, lachte der Verbrecher auf, »in den Himmel kommst du bestimmt nicht.«

»Und ob! Leonardo und Michelangelo werden mich begrüßen.«

Diamanten-Joe spannte nun den Hahn seiner Pistole.

Plötzlich flog die Ateliertür erneut auf und eine Frauenstimme schrie: »Zugriff!«

Durch die offene Tür stürmten nun Polizisten mit gezückten Pistolen und liefen zu Diamanten-Joe. Sie brüllten: »Hände hoch!«

Jonathan Wackernagel war völlig perplex und riss die Arme empor, worauf ihn die Polizisten entwaffneten und ihm Handschellen anlegten.

Über Lysanders und meinem Kopf schwebten Fragezeichen.

Als Diamanten-Joe abgeführt wurde, sagte Lysander triumphierend: »Wer von uns beiden fährt jetzt in die Hölle, he?«

Diamanten-Joe erwiderte hasserfüllt: »Das war noch nicht der letzte Pinselstrich, Freundchen ...«

Nachdem die Polizisten mit dem Verbrecher das Atelier verlassen hatten, unterhielt sich Jasmin mit der Polizistin, die ich erst jetzt erkannte: Es war Frau Schlageder, Kommissarin im Kunstdezernat.

Sie sagte: »Es war sehr klug von Ihnen, uns den Tipp mit dem Atelier zu geben. Es wäre sonst schwierig gewesen, Herrn Wackernagel zu verhaften.«

Zu Lysander sagte sie: »Von einer Anzeige wegen Kunstfälschung wird die Staatsanwaltschaft absehen. Schließlich wurden sie dazu gezwungen. – Ach, übrigens, ich habe Ihnen etwas mitgebracht.«

Sie sprach in ihr Funkgerät und gab Order, das Beweisstück bringen zu lassen. Kurz darauf trug ein Polizist einen flachen, in Packpapier gewickelten Gegenstand ins Atelier.

Lysander entfernte das Papier und rief: »Mein Van Gogh!«

Er umarmte das Bild wie einen alten Freund. Dann hielt er es mit ausgestreckten Armen vor sich und sagte: »Sehen Sie sich nur mal an, wie das gemalt ist: Die Linienführung, der pastöse Farbauftrag, der Malstil, alles typisch Van Gogh.«

Die Kommissarin sagte: »Sie haben ganz recht. Ohne das Terpentin von Frau Waldeck wäre es tatsächlich als echter Van Gogh durchgegangen.«

Jasmin kramte einen Zettel aus der Hosentasche und übergab ihn der Polizistin.

Sie sagte: »Hier, das sind die Adressen von Käufern meiner Bilder.«

Ich ging dazwischen: »Frau Waldeck hat Angst, auch Opfer eines Übermalers zu werden.«

Frau Schlageder nahm den Zettel und sagte: »Ich werde ein Auge darauf haben.«

Dann verabschiedete sich von uns und verließ das Atelier.

Nachdem die Kommissarin gegangen war, fauchte mich Jasmin an: »Spinnst du?!«

Ich antwortete: »Hat dir Lysander nicht gesagt, dass uns die Kommissarin vorgeladen hat, wegen seiner Übermalaktion bei Familie Siepmann?«

»Was?«

»Ja, wir waren bei der Polizei, weil Herr Siepmann eine Anzeige erstattet hat und Frau Schlageder hat uns vernommen.«

Jasmin sah mich mit großen Augen an.

Ich fuhr fort: »Wenn du deine Bilder jetzt übermalen willst, was glaubst du wird die Kommissarin wohl denken?«

»Ach so, sie würde dann mich verdächtigen.«

Ich nickte.

Nach einer Pause sagte sie: »Und was machen wir jetzt?«

Die beiden Maler schauten mich an wie das Leiden Christi. Ich kannte diesen Gesichtsausdruck und er verhieß nichts Gutes …

ENDE

Im Verlag Reinhold Hartl ist erschienen:
»Der Drache der Akropolis«

Der Lebenskünstler Jimmy Ludstock avanciert durch sein unbekümmertes Wesen zum Privatsekretär eines querschnittgelähmten Grafen. Der kauft zu seinem Amüsement heitere Anekdoten und bezahlt mit Goldstücken. Wegen dem Drachen in seinem Wappen und seinem zügellosen Lebensstil vor seinem Unfall wird der Graf scherzhaft »Drache der Akropolis« genannt.
Der Graf lässt seine Querschnittlähmung nach einem neuen Verfahren behandeln. Die ganze Stadt stellt sich nun die bange Frage: Wird der »Drache der Akropolis« wieder entfesselt und die Stadt mit seinen tolldreisten Streichen heimsuchen?

Reinhold Hartl wurde 1964 in Teisendorf geboren und wuchs in der Marktgemeinde Waging am See auf. Er studierte Theater- und Literaturwissenschaft an der LMU in München und hospitierte an Theatern und bei Filmproduktionen. In den 1990ern unternahm er mehrere ausgedehnte Reisen nach Asien und Südamerika, bevor er ab den 2000ern als IT-Berater in der Energiebranche arbeitete. Seit dem Studium widmet er sich dem Schreiben satirischer Theaterstücke und Romane. Der Autor lebt in München.